无疆的文学

世界的音符

尚书房

走向世界的中国作家

少年与鼠

野莽 著

CHINESE WRITERS
WITH WORLDWIDE INFLUENCE

图书在版编目（CIP）数据

少年与鼠/野莽著．—北京：文化发展出版社有限公司，2016.8
ISBN 978-7-5142-1357-7

Ⅰ．①少… Ⅱ．①野… Ⅲ．①中篇小说－小说集－中国－当代
Ⅳ．①I247.5

中国版本图书馆CIP数据核字(2016)第129606号

少年与鼠
野莽／著

出 版 人：赵鹏飞	
总 策 划：尚振山　曹振中	
责任编辑：冯小伟	
责任校对：郭　平	责任印制：孙晶莹
责任设计：侯　铮	排版设计：麒麟传媒

出版发行：文化发展出版社（北京市翠微路2号　邮编：100036）
网　　址：www.printhome.com　www.keyin.cn
经　　销：各地新华书店
印　　刷：北京新华印刷有限公司
开　　本：889mm×1194mm　1/32
字　　数：136千字
印　　张：7.5
印　　次：2016年8月第1版　2016年8月第1次印刷
定　　价：28.00元
ＩＳＢＮ：978-7-5142-1357-7

◆ 如发现任何质量问题请与我社发行部联系。发行部电话：010-88275710

编委会

野　莽：中国作家，编辑家，出版家。作品被翻译成英、法、日、俄等国文字。国外出版有法文版小说集《开电梯的女人》等多部作品。主编有中、英文版"中国文学宝库"（50卷），中文版"中国作家档案书系"（30卷，与雷达），"中国当代长篇小说评点绘画本丛书"（15卷）及"中国当代精品文库"等大型丛书数百种。

安博兰：(Geneviève Imbot-Bichet)，法国汉学家，汉法文学翻译家，出版家。法国 Éditions Bleu de Chine 创始人。早年于台湾学习汉语，曾在法国驻华使馆（北京）任职。现为法国珈利玛出版社（Gallimard）中国蓝丛书负责人，法国"中国之家"文化顾问。曾翻译出版了大量中国作家的作品，其中最具影响力的有荣获法国三大文学奖之一——费米纳（Fémina）外国文学奖的《废都》。

吕　华：中国翻译家。曾任中央编译局中央文献翻译部法文处处长，中国外文局中国文学出版社副总编辑，中译法最终审稿、定稿人。对外翻译过三任国家领导人的文集。文学翻译有法文版长篇小说《带灯》以及大量中国当代作家如汪曾祺、陆文夫、贾平凹、韩少功、陈建功、刘恒、莫言、阎连科、周大新、王安忆、铁凝、方方等的代表作。

贾平凹：中国作家，书法家，画家。中国茅盾文学奖、费米纳文学奖、法国政府奖、美国美孚飞马文学奖获得者。作品被翻译成英、法、德、意、西、捷、俄、日、韩、越等二十多种文字。在国外产生影响的有英文版长篇小说《浮躁》，法文版长篇小说《废都》《土门》《古炉》等。

周大新：中国作家。中国茅盾文学奖获得者。作品被翻译成英、法、德、朝、捷等十多种文字。国外出版有法文版长篇小说《向上的台阶》等多部作品。由其短篇小说《香魂塘畔的香油坊》改编的电影《香魂女》获柏林国际电影节金熊奖。

尚振山：尚书房图书出版品牌创始人。出版有"中国名家随笔丛书"、"中国文学排行榜丛书"、"中国小小说名家档案"（100卷）等。

不仅是为了纪念

——"走向世界的中国作家"文库总序

野 莽

尚书房请我主编这套大型文库,在一切都已商业化的今天,真正的文学不再具有20世纪80年代的神话般的魅力,所有以经济利益为目标的文化团队与个体,已经像日光灯下的脱衣舞者表演到了最后,无须让好看的羽衣霓裳做任何的掩饰,因为再好看的东西也莫过于货币的图案。所谓的文学书籍虽然也仍在零星地出版着,却多半只是在文学的旗帜下,以新奇重大的事件冠以惊心动魄的书名,摆在书店的入口处引诱对文学一知半解的人。尚书房的出现让我惊讶,我怀疑这是一群疯子,要不就是吃错药由聪明人变成了傻瓜,不曾看透今日的文化国情,放着赚钱的生意不做,却来费力不讨好地搭盖这座声称走向世界的文库。

但是尚书房执意要这么做,这叫我也没有办法,在答应这事之前我必须看清他们的全部面目,绝无功利之心的传说我不会相信。最终我算是明白了他们与上述出版人在某些方面确有不同,私欲固然是有的,譬如发誓要成为不入俗流的出版家,把同行们往往排列第二的追求打破秩序放在首位,尝试着出版一套既是典藏也是桥梁的书,为此已准备好了经受些许财经的风险。我告诉他们,风险不止于此,出版者还得准备接受来自作者的误会,这计划在实施的过程中不免会遇到一些未曾预料的问题。由于主办方的不同,相同的一件事如果让政府和作协来做,不知道会容易多少倍。

事实上接受这项工作对我而言,简单得就好比将多年前已备好的课复诵一遍,依照尚书房的原始设计,一是把新时期以来中国作家被翻译到国外的、重要和发生影响的长篇以下的小说,以母语的形式再次集中出版,作为中国当代文学的经典收藏;二是精选这些作家尚未出境的新作,出版之后推荐给国外的翻译家和出版家。入选作家的年龄不限,年代不限,在国内文学圈中的排名不限,作品的风格和流派不限,陆续而分期分批地进入文库,每位作者的每本单集容量为二至三个中篇,或十个左右短篇。就我过去的阅读积累,我可以闭上眼睛念出一大片在国内外已被认知的作品和它们的作者的名字,以及这些作者还未被翻译的 21 世纪的新作。

有了这个文库,除去为国内的文学读者提供怀旧、收藏和跟踪阅读的机会,也的确还能为世界文学的交流起到一定的媒介作用,尤其国外的翻译出版者,可以省去很多在汪洋大海中盲目打捞的精力和时间。为此我向这个大型文库的编委会提议,在编辑出版家外增加国内的著名作家、著名翻译家,以及国外的汉学家、翻译家和出版家,希望大家共同关心和参与文库的遴选工作,荟萃各方专家的智慧,尽可能少地遗漏一些重要的作家和作品,这方法自然比所谓的慧眼独具要科学和公正得多。

当然遗漏总会有的,但那或许是因为其他障碍所致,譬如出版社的版权专有,作家的版税标准,等等。为了实现文库的预期目的,那些障碍在全书的编辑出版过程中,尚书房会力所能及地逐步解决,在此我对他们的倾情付出表示敬意。

2016年5月7日写于竹影居

目录

不仅是为了纪念
——"走向世界的中国作家"文库总序/野莽

少年与鼠
1

卖脸者
97

行为不轨
173

野莽主要著作目录
226

少年与鼠

1

自从没有了母亲之后，少年潘二龙就不再像往年那样渴望过节，阴历八月十五的清早，他完全是以消极的态度执行着父亲交给他的任务，乘坐地铁到京西月饼店去买一盒花好月圆牌月饼。花好月圆牌月饼是一个老牌子，母亲在世的时候他们家每年中秋节都吃这个，因为名字好，价格也不算贵，特别是在京西月饼店购买还能稍许的便宜一点，生产这个牌子的厂家就离这儿不远。但是今年，再买这个牌子的月饼还有什么意义呢？潘二龙想到母亲，对这类诱人的节日变得冷淡起来，连原本香甜的月饼都觉得索然无味，他认为花好月圆的日子在他们家已经一去不复返了。

京西月饼店的门外有人在摆地摊，摊主是一个断了两条小腿的人，穿着一套象征生命力的绿色衣服，膝盖下面扎着两个棉花做的蒲团。潘二龙认识这人，在他的记忆中，这人往年卖的是老鼠笼、老鼠夹、老鼠药一类乱七八糟的货色，他跟母亲一道就是冲着这些来的。现在，地摊上的情况好像也在改革，摆的都是一些花里胡哨的塑料用品。他正想问这个无腿之人，是不是有人不许卖老鼠药，这时摊子的左上角有一个小摆件吸住了他的眼睛，那是一支他曾经打鸟玩儿过的那种弹弓，不过要比他玩儿过的那支精致，一副木叉被削成竹节的形状，颜色上还做了仿旧处理，两根深黄透明的橡皮筋分别穿过两个端头的圆孔，皮筋的结合部缀着一小块椭圆形的羊皮。用这块羊皮裹上一颗石子，拉开皮筋从弹弓的劈叉处射出去，可以让五米高树上的鸟儿应声落地。潘二龙在他们老鼠胡同是公认的神弹手，掉在他弹弓下的鸟儿不计其数，他甚至还能打下空中的飞鸟，当然啦，那都是他上中学以前的英雄壮举。

他在一秒钟内决定买下这支弹弓，因为他一见到它就想起一件事，身上顿时热血沸腾。他问无腿之人这支弹弓卖多少钱，对方两手撑地往前挪了一寸，便于能把那支弹弓递到他的手中，嘴里恭喜着他的运气真好，说这是剩下的最后一支，卖给他可以便宜一点，然后才报出他问的价格。潘二龙一听说要十元吓了一跳，他身上的全部资金买完一盒花好月圆牌月饼，再乘坐往返地铁，剩下的远不够这个数字，父亲给他的每一笔钱在做完要做的事情之后，总是不超过五元的余额。如同他是老鼠胡同里的神弹手，他的修鞋匠父亲也是老鼠胡同里大名鼎鼎的小气鬼，当初连母亲买这一系列对付老鼠的器材都坚决反对，只不过母亲的态度比父亲更加坚决。他希望这支弹弓的价格能降到五元以下，这样他还可以勉强支付，再多恐怕就不够了。他在心里打着如何才能得到优惠的主意，比方说问对方还记不记得他，去年他和母亲一道来这儿买过老鼠药的。但他刚一冒出这个念头就觉得自己太不男子汉了，按理说他应该捐钱给这个无腿之人，目前他没钱可捐怎么还能少给人家的钱！

后来他又回到那句原本想问的话，是不是有人不许你卖那些灭鼠的东西？派出所还是工商所？他的哥哥潘大龙就是工商所的市场管理员，他想为这个可怜的无腿之人做些什么，如果和工商所有关的话。但是这人抬起一只手来向他摇着，那只手在地上磨得和脚没有什么区别，不是的，都不是，这号人只管罚我们钱，赶我们走，不管我们灭鼠还是灭人。是那些东西没人买了，都说买回去也没用，老鼠和人一样与时俱进，千奇百怪的办法它们都能识破，对付它们只有靠打！说到"打"字的时候，无腿之人嘴里的唾沫星子喷薄而出，有几粒打在弹弓的身上。潘二龙觉得这人对老鼠的仇恨和他不同，他们一个是因为生意，一个纯粹是因为母亲。但是他却把这人视为知己，认为在这个问题上他们英雄所见是略同的，消灭老鼠就是要打！事情也的确是这样，每一种灭鼠的器材母亲都买回家去试过，其结果是母亲要打的那只老鼠还在，母亲自己却不在了。

潘二龙先稳住这个摊主，表示这支弹弓他要定了，无非是手上没有零钱，等他买了月饼再来买它，说完快速走进月饼店里。店里的月饼品牌还真不少，他逐一地看过去，发现紧挨在花好月圆牌月饼身边的是一种名叫嫦娥奔月牌的月饼，价格要比它便宜十元。他的心里突然冒出一个卑鄙的念头，从月饼里面挪用那笔差价，用它买下这支弹弓，回家对父亲谎称花好月圆牌的已卖完了，只好换成嫦娥奔月牌的，两种牌子的价格正好相等。这个念头刚刚冒出来时他感到很新奇，他记得自己好像从来没撒过谎，现在居然一下子就撒成功了，可见撒谎是一件多么容易的事。接下来他又责备自己不该这样，但是最终他想，为了达到目的不这样还能怎样呢？他在后一句话的支持下选购了后一种月饼，提着它走出店门，用余额买走了地摊上的那支弹弓，站在原地欣赏一阵，想了想才把它插进月饼袋里。慢走啊，祝你全家节日快乐！他看见失去双腿的摊主向他挥了挥那只和脚没有区别的手，就也扬起手来向对方挥了挥，也祝你节日快乐！他没有说"全家"二字，是担心这人并没有家。

但他一到地铁的安检口就遇上了不快乐的事。请问你这袋子里是不是有一支弹弓？安检口的女工作人员问。是的，刚在地摊上买的，潘二龙强作镇静，为她手里的检测器感到惊讶。

对不起，请跟我来一趟。女工作人员把他带进一间玻璃小屋，屋子里的警察接过弹弓翻来覆去地看，还试着拉了拉，然后抬起头来，问他为什么要携带违禁品乘坐地铁，不知道带这个要罚款没收，严重的还要拘留吗？潘二龙这次除了惊讶还有些不解和害怕，他想不通弹弓为什么是违禁品，同样是为了消灭老鼠，为什么上几次母亲带他买的鼠笼、鼠夹和鼠药都能顺利过关呢？我不知道，我是真不知道，我要知道我就不会自投罗网了……哦不，我的意思是说我就不会自己……他语无伦次地纠正着慌乱中用错的词，不料这句话无意中帮了他的大忙，警察被他给逗笑了，"得，来这儿可不就是自投罗网吗？坐路面车就不会啦！走吧，回去不许打鸟啊，鸟是我们人类的朋友！"

潘二龙千恩万谢地接过弹弓，从地铁站下拱出路面，想改乘一辆允许带这东西的公交车。这是一片繁华的购物区，没有公交车可乘，出租车路过这儿也不停下，再说他买完月饼和弹弓以后已没有了乘坐出租车的资格，他的经济条件就只够乘坐地铁。潘二龙想着自己将为这支弹弓付出步行回家的代价，心里不仅没有丝毫的抱怨，反倒还生出一种崇高而又神圣的感觉，为给母亲复仇他连生命也可以不顾，多走点路算个什么！他顾虑的只是父亲在家等得心焦，今天是八月十五，哥哥还要带着嫂子和小侄儿回来共度佳节，在这车祸不断的年头，等到吃中饭的时候还不见他回家，哥哥嫂子倒是无所谓的，父亲会害怕他在路上出了事故。他记着自己从小到大，就从来没让父母放心过一天。

他的心里正这么想着，一个上了岁数的女人从他身边走了过去，嘴里说着一句没头没脑的话，从背影看她有些像他死去的母亲，连说话的声音也像。上了岁数的女人说，遇事只要一分为二，就没有解决不了的问题。潘二龙左右看看，没在她身边发现有陪伴的人，也不见她把手机贴在耳朵边上，这么说她很可能是自言自语。他的脑子里灵光一现，想到这个像他母亲的女人如果没有精神病的话，莫非就是母亲的化身，特意回到人世来点化他，刚才的话是单单说给他一人听的，教他如何才能带走弹弓，一分为二的意思是把一样东西变成两样。他一下子振奋起来，一个聪明的思路就此产生，转身找了个背静的地方蹲下，动手把弹弓拆成两部分，深黄透明的橡皮筋和椭圆形的小羊皮块揉成一团，揣进他的裤兜，竹节形状的木叉依然装进月饼袋里。

然后他穿过地下通道，下到另一个地铁进站口。这一次他在安检口遇上的是个男工作人员，走哇，别挡后面人的道，下一个！男工作人员的手持检测仪在他身上一挥而就，见他站在那儿还不挪窝，瞪他一眼又向他身后的人招手。潘二龙不由得心花怒放，同时他也轻看了这人，近些年来，飞机、火车、公共汽车上都出现过携带武器的乘客，不能说和他们的猪脑子没有关系，弹弓能够一分为二，枪支不也能卸成八大块吗？

出了地铁站后他步行回到老鼠胡同，在这个四家合住的6号院外，正好遇见小侄子出门去扔一张巧克力糖纸，他就知道哥嫂一家已经来了。小侄子劈手夺过他手里的月饼袋，扯出里面的大红纸盒，一边进门一边错字连篇地朗诵着：党、我、奔、月！父亲从厨房里闻声而出，紧张中忘了放下菜刀，什么奔月？不是说花好月圆吗？潘二龙压住心跳，脱口说出编好的谎言，那个牌子的卖完了，店里人说这个牌子的也卖得好，价格又差不多！为了慎重起见，这句话他打了腹稿，快到家时又在心里背了一遍。他本以为他的言行已无破绽，父亲固然小气，也不会为此专门到月饼店去考察牌价。但他忽视了今天到场的一位嘉宾，在肉禽蛋加工厂当会计的嫂子眼睛一闪，立刻就以玩笑的方式向他追问，差不多是多少？十块？我说二呀，告诉嫂子你是不是早恋了，省下点钱给女朋友买个小礼物什么的？

这个女人把丈夫的弟弟她的小叔叫"二"，意思除了他在家排行老二之外，还有一层是他做事冒失，老不着调，从小就给家里惹了不少麻烦。潘二龙的一张脸上顿时绯红，觉得自己受了莫大的污辱。没有，我根本就没有早恋！那个牌子是真的卖完了！不信你去买一个试试！事到如今他豁出去了，嘴巴硬得像父亲给人修鞋的铁锤。他知道哥哥娶的这个会计老婆又懒又贪,从来都喜欢无条件地拿走家里东西,而不给家里买任何东西回来,包括正月十五的汤圆,五月初五的粽子,八月十五的月饼。九月初九的螃蟹就更不用说了,这种昂贵的食品只有她的亲儿子才配吃到嘴里。他把结尾的这句话说得很有力度,想用它来反守为攻,打退她的继续追问。会计嫂子果然被他给噎住了,眼睛向下在他的腰部滴溜溜地打转,一心要找到能够证实自己猜疑的物证。潘二龙感觉到了她那明察秋毫的目光,心里发虚,放下胳膊用手背压了一下裤兜,希望从弹弓上解下的橡皮筋此时不要露头,以免关键的时候把他卖了。他却没有想到他不这样还好,这样反倒弄巧成拙,有弹性的橡皮筋本来安分守己地躺在裤兜里,受到挤压"得儿"的一下弹了出来,好像古装戏里官员的帽翅,一颤一颤地向上翘着。

哇噻,橡皮筋,女生扎马尾刷的!妈妈你比算命瞎子还灵,赶明儿你给人算命去吧,算命挣钱来得快!小侄子大声欢呼着,手舞足蹈地向他扑来,会计嫂子却笑着骂她儿子,牛牛是个臭嘴,就不会比个好听的呀,说你娘是诸葛亮?我不过是顺口开个玩笑,想不到还真有这样的事,大龙你听到没有?二都学会贪污了!她的丈夫,工商所市场管理员潘大龙觉得与其批评弟弟,还不如自己做出一副高的姿态,二龙你就别再说了,以后想买什么你告诉哥!说完叹一口气,早知这样,美花,你去买一盒花好月圆牌的月饼提回来不就是了,也免得他为十块钱来动这个歪心思！潘大龙说着把头摇了两摇，表示自己考虑事情也有不周。这话本来是说说而已，名叫美花的会计嫂子却担心丈夫把握不好分寸，真会让她去花钱补买月饼，火速又追了一句，可不是吗，不过现在去买已经来不及了！牛牛听没听懂我们说的什么？好孩子从小就不要学撒谎啊。

牛牛并没听懂他们说的什么，手握菜刀的父亲却完全听懂了，两眼向他贪污的儿子冒出凶光。潘二龙第一次撒谎就惨遭失败，没有信心再撒第二次谎了，他从牛牛扔在地上的提袋里掏出木叉，又从自己兜里掏出橡皮筋，把它们重新组装成一支弹弓，紧紧地握在手里，一不做二不休地告诉他们，好吧，那我就实话实说吧，我省下买月饼的钱就是为了买它，想拿它打死灰皮，为我娘报仇雪恨，我这样做难道不应该吗？他咬牙切齿，随着从嘴里吐出的这句话他还做了一个坚定的动作。以父亲为首的三个大人互相看看，想着他的这种行为到底属于什么性质，美花嫂子意识到自己刚才说的贪污不妥，一时又想不出定他一个更妥的罪名。牛牛觉得他这模样像极了学校宣传画上手握钢枪的战士，说话的腔调也像站在红旗下面宣誓，实在滑稽可笑得很，就大声笑了起来，又穷追不舍地问，灰皮？灰皮是谁？奶奶不是自己摔死的吗？怎么你要把灰皮打死？

潘二龙正要趁这机会告诉他家的第三代，奶奶是自己摔死的不假，但她是想把拌了烈性鼠药的香米放在厨房碗柜的柜顶

9

上，一只足有一尺长的大老鼠从洞里蹿过来抓她的手，她才一仰身从高脚凳子上摔下来，又惊又吓又摔伤了肋骨，由此引发了心脏病，一时没抢救过来就去世了，所以说奶奶应该是老鼠害死的。那只大老鼠就是跟她斗争了一辈子的灰皮，个头大得像一只猫，一直潜伏在他们家里领着一群小老鼠为非作歹，谁都没有办法把它怎样。可是还没容他第二次开口，父亲就勃然大怒，撇开牛牛对他吼道，住嘴！不许你提你娘！今天是中秋节，你哥你嫂和你侄子回家来是吃月饼的！把你买的那个什么玩意儿给我收起来，也不许你再提老鼠！你娘自从嫁过来就和老鼠斗，斗了二三十年，把你爷爷奶奶都斗死了，自己也摔死了，我要不是没心没肺也非得被她折磨死了不可，结果她斗过了吗？斗过了吗？哼！

他从父亲的重复发问中，再次听出这个自称没心没肺的人对老鼠的悲观态度，也知道了在母亲嫁给父亲之前，家里的爷爷和奶奶也是这样，心中就又冷了一截。在这个有些年头的大杂院里，合伙住的四户人家房连着房，墙通着墙，老鼠的核心根据地究竟设在哪儿谁都不知道，要想消灭它们也的确是难乎其难。住在院门正面的一户，女婿是区政府基建科的科长，得知岳父岳母家老鼠成灾，他们把二老接到自己家的楼房住着，派人来扒开墙脚灌铸进钻石牌水泥搅拌的砂浆，使它成为一道铜墙铁壁，以此阻断了老鼠的通道。院门左右两侧，一户是街道居委会的调解员大妈,一户是卖鱼卖虾的小贩子,背对院门的才是他家。这三家人都没有扒开墙脚灌铸钻石牌水泥的条件,老鼠就多半在这个三角地带展开活动。

父亲的怨气不是针对老鼠,而是针对母亲。患有心脏病的母亲年复一年地与灰皮们作战,打死小鼠无数,却始终不能打死这只大鼠。她一心想擒贼擒王,除恶务尽,只图夜里能睡一个安生觉,就大肆挥霍父亲给人修鞋挣得的钱,得知哪儿有新一代的灭鼠器材和药物,想方设法都要买到家里进行试验。她还经常在更深夜静的时候,一听到响动就把家里闹得天翻地覆,这就长期以来引起父亲的强烈不满。出事那天,父亲从早到晚只修了三双皮鞋,心中沮丧,刚进家门又被母亲指挥着做那件不起作用的事,父亲拒绝她说要放你放,只怕是人死了老鼠也死不了!不料母亲当晚真的死了,这个注定要后悔一辈子的修鞋匠才知道自己念的是一句咒语,用修鞋的手把一张乌鸦嘴抽出血来。但是在骨子里,父亲依然不同意母亲生前的行为。

我早就说过,打老鼠不是一家一户的事,要打就得像联合国安理会一样,联合院里几户人家一起来打,不然你在这儿打它跑到那儿,你在那儿它跑到这儿!潘大龙的确早就说过这样的话,希望一家发现老鼠,家家都来追打,整个一院子人发出共同的吼声。出于儿子对母亲的同情,潘大龙还出面去联合过第一个"国家",就是区政府基建科长的岳父家,只可惜那次游说没有取得成功,基建科长的岳父和岳母正在看电视片动物世界,基建科长的岳父说别折腾了,就这么着吧!基建科长的岳母说最好的办法是你甭理它,把自家的东西收捡好,它来了白来下次也就不来了。其实潘大龙心里还另有所图,到二老家除了说老鼠外,主要还想说说自己,从互利互惠的角度切入,说自己若是能从工商所调到他们女婿领导的基建科,以后科长要做的事情就不用亲自出面了。但是一见二老的心思都在动物身上,潘大龙陪他们看了一会儿电视就打道回府,调解大妈和鱼贩子这两个小"国家"也不必再去,成立安理会的事就这么不了了之。

潘二龙答应父亲今天不提母亲,可没答应不打灰皮,他像战士一样双手紧握钢枪的姿势,是向他的亲人们表明,谁也别想夺走他这新买的武器。在对老鼠的生理反应上他像母亲,这或许是从娘胎里带来的,夜间但凡有个大惊小动他都睡不好觉,第二天上课老打瞌睡。父亲炫耀自己没心没肺的话他听了感到好奇,暗中还羡慕嫉妒恨过,觉得那一定是从小练就的一身过硬本领。哥哥和父亲在这点上一脉相承,肉禽蛋加工厂的会计还没成为他的美花嫂子之前,每天夜晚他们父子二人的鼾声抑扬顿挫,此起彼伏,几乎通宵折磨着他们这对可怜的母子。

对于美花嫂子指控的贪污，潘二龙想了一个处分的办法，他让父亲扣下应该分给他的那份月饼，作为对他的经济惩罚。一盒月饼总共十块，每人两块正好可以分给五人，把他的两块月饼折算成买弹弓的十元钱，从价格上算绰绰有余，切开来添在其他四人的月饼里，或者由他的侄儿牛牛一人独享两份，无论怎样他都没有意见。他提出的这个分配方案赢得了牛牛的热烈掌声，哥哥和嫂子对看一眼，默契地假装什么都没听到。父亲却又一次勃然大怒，用修鞋的手"啪"地拍了一下桌子，胡说！你少跟我来这一套！难怪你嫂子说你是二，你不是二你是什么？中秋节吃月饼是有讲究的，不是随随便便的谁吃谁不吃！另外我再警告你一遍，你给我记着，以后你再打老鼠我就打你，要知道我们这条胡同就叫老鼠胡同，能有你一个住处就不错了，你若是再给家里弄出个好歹来，我要你负全部的责任！

2

吃饭的时候这一家人又和好起来，五个人围着一张正方形的饭桌，父亲和哥哥嫂子一人坐了一方，另一方父亲示意给他坐，让体积不大的小学生牛牛搬个高凳坐在妈妈身边。从这点看父亲好像已有了原谅小儿子的某种迹象，但是潘二龙情愿把正座让给牛牛，自己坐在背靠大门的那个桌子角上。所有的人都以为他在免吃月饼的方案被否决以后，又想以另一种形式进行自罚，只有他自己心里明白，坐在这个角度是便于观察灰皮的行踪，而且动起手来也不会妨碍他人。他根本就没有记住父亲刚才对他的警告，死也不忘却是根据以往的经验，灰皮喜欢选择他们围坐在桌边的时候出来活动，它知道此时大家的精力都集中在吃饭上，第一是注意不到它，第二是注意到了也没工夫把它怎样。

　　但是，如同灰皮懂得人的心理，潘二龙也把灰皮的这点心眼看个正着，他不让吃饭成为一件阻碍他战斗的事，一旦有了情况，他随时可以从左边的裤兜里掏出弹弓，再从右边的裤兜里掏出子弹，及时地射向那个来犯之敌。饭前的那场争论停止以后，他出去到路边捡了一些硬石子回来，计划每次放十粒在裤兜里。这些石子状如蚕豆，比蚕豆要略大一点，只要射中灰皮的要害，即便它大得像一只猫，不把它当场击毙也会把它打成残废，让它在黑暗的洞窟里度过余生，永远不再出来危害他家。他记得母亲在没去世之前，吃饭时也爱坐在这个位置，那是想亲眼看见灰皮怎样吃下她拌了毒药的小米，然后四肢抽搐，七窍流血，倒在地上一命呜呼。可惜的是母亲直到最后一次睁开眼睛，也没能看见那幅动人的景象。

　　美花嫂子却又有了英明的发现，发现他选择的那个角度正对着母亲的遗像，因为父亲说了今天不许提母亲的话，她就换了一种方式笑道，让二坐那儿吧，坐那儿能显出他是个大孝子，吃水不忘挖井人呢！说这话的时候她侧过脸去，提示性地看了一眼悬挂在墙上的木质镜框。这话除了牛牛，在座的另外三人都能听懂，意思是潘二龙吃饭都在缅怀母亲。她话中的一个"大"字刺激了身为长子的丈夫，潘大龙用讽刺的语调附和说，可不是吗，天天在学校练习跳高，练得一下就能够着厨房的柜顶了！大龙的言下之意是说母亲出事那天，潘二龙不该放学以后还在学校贪玩，如果早些回家去帮母亲放灭鼠药，哪会发生这样的悲剧！

这夫妻二人虽然一字不提母亲，父亲的心还是被他们的含沙射影给刺疼了，低下头去闷声不响。潘二龙很想顶一句哥哥嫂子的嘴，学着他们的阴阳怪气，说他哪是什么孝子，只有他们两个才是孝子孝媳，从来不拿家里东西，还老买东西往家里拿，让家里的经济状况有了改善，父亲才不会因为修鞋的人少而影响情绪，回家也就愿意帮母亲做事了！但他还没来得及开口，牛牛又抢在他的前面嚷叫起来，我知道他为什么要坐在那儿，坐在那儿能看到矮柜上的月饼！他嘴上说他的月饼让给我吃，可他喉咙里早就伸出爪子来啦！牛牛从来都不称潘二龙为叔叔，当面把他叫"他"，背后随着妈妈把他叫"二"。

牛牛的话石破天惊，逗得美花嫂子一阵开怀大笑，那盒应该平放的月饼是被牛牛立着放在矮柜上的，这样做能让盒盖上的嫦娥像画儿一样呈现在大家眼前。美花嫂子正要在牛牛的话上进行发挥,把坐在那儿能看到月饼改成能看到美女,忽然又觉得她这七岁儿子的说法更加准确,潘二龙就是为了看到月饼!不过他想看月饼的动机并不是想吃,而是他想利用那盒月饼来诱惑老鼠,因为她在笑的时候发现,他把那碗刚吃了几口的饭悄悄放在桌上,腾出手来一只伸向左边的裤兜,一只伸向右边的裤兜,接着就有一颗比蚕豆大点的石子包在了弹弓里,被他悄悄地托举起来。

潘二龙刚才的确看见灰光一闪,一个像猫一样肥大的身子出现在眼前的矮柜上,那颗长了几根胡须的尖脑袋距离那盒月饼已经不远了,不用说它正是灰皮。母亲在世的时候,它一直是她的主要对手,很多年里母亲采用多种器材和药物,消灭大大小小的老鼠不计其数,唯独这最大的一只却永远道高一尺魔高一丈,神出鬼没地活跃在他家的各个角落,有时还带领一群小老鼠们,好像军事演习一样和母亲展开着游击战。母亲生前气到极处,一会儿骂它是小老鼠们的祖宗,一会儿骂它是小老鼠们的总教头,又说再不打死它它就要成精了,迟早会给家里带来大祸,恨不得要吃了它的肉,还要扒下它的皮来挂在墙上!

母亲去世以后有一段日子,他家成了它们快乐的食堂,那是因为亲戚和邻居来慰问他们父子,提了很多的水果和糕点,父亲和他都深深陷入悲痛之中，顾不上吃也记不起要收捡，就多半进了它们的肚子。几天过去，他们父子又回到从前的生活，只是家里没有了母亲，父亲做的饭菜简单极了，每顿基本上盘干碗尽，很多时候还都是缺汤少菜地凑合一餐。灰皮有一阵子觉得没有油水，稍微来得稀少了些，但很快就怀疑这是主人的计谋，宁可自己受饿也要饿死它们。于是它反而比过去更加猖狂，好像要逼着他们恢复供应，白天派几只小老鼠零星出马，夜晚则领着一支浩浩荡荡的部队，轰轰烈烈地往返奔忙。年节间随着家里吃货的增多，它看作是自己造反的结果，来得更加勤便，一来就抓紧时间大啃大啮，吃到快活时公然发出叽叽的叫声。潘二龙对今天的情况估计对了，八月十五这盒喷香的月饼，必然又会把灰皮招来。

因为母亲的去世，这些日子他家停止了战斗，为了完成作业，他找来两个棉球塞在耳朵眼儿里，有一次塞得太紧，第二天掏不出来，洗脸时灌进了水，差点儿害他耳膜发炎。这样做还有一个坏处是听不到父亲和他说话，这就又造成父子新的矛盾。今天他再次看见了灰皮，心情竟然有些激动，像是盼望中的一次重逢。仇人相见，分外眼红，他发现灰皮的肚子又涨大了，或许它这些日子在他家之外吸收了更好的营养。但是无论如何，这盒月饼他还刚买回家，全家人要等到晚上月亮出来才开始分吃，这个该死的家伙倒好，闻着香气又抢先来下手了。

好在它这次是单兵作战,身后没有带着子孙和徒弟,这就可以让他集中精力打它一个。

他的心里狂跳不止,正要举起弹弓拉开皮筋一弹射去,牛牛的话和美花嫂子的笑声使他双手一抖,接着就又听得哥哥一声断喝,你要干什么?柜子上放满了东西你没看见?哥哥在喝叫的同时还把手往前伸了伸,看样子想做一个阻拦的动作,却害怕被他射出的子弹击中,又飞快地缩了回去。潘二龙对哥哥的警告并不接受,矮柜上放满了东西不假,但在射击时他会尽量避开,有几件装有食品的钵盆之类,材质多半是搪瓷和不锈钢的,石子打在上面顶多只会留下受伤的痕迹。万一打穿损失也不是太大,这些年母亲购买灭鼠器材和药物的钱,别说柜子上的几样东西,就是买一只新的柜子也足够了。他想只要能够打死灰皮,下手时哪怕让它们都做了陪葬,小气鬼父亲把他骂得狗血喷头,再甩他几个耳光他也在所不惜。

不过柜子上真有一件东西对他起着震慑的作用,那是一对青花瓷坛,坛子的外壁分别画了一树梅花,两只喜鹊一高一低地站在梅枝上。这对瓷坛是母亲出嫁时娘家的陪嫁,据说出自乾隆年间的官窑,迄今已有几百年的历史。母亲在世时视它为镇宅之宝,把它们并排摆放在矮柜上,因为他家的房子小,卧室和客厅只隔着一块花布帘子,这只矮柜紧挨在母亲床头,每天晚上临睡以前,母亲都会掀开帘子用抹布在瓷坛上擦拭一遍。夜里如有贼人偷盗，也随时能够听到响动。有一次他眼看着吃饱肚子的灰皮带领几只小鼠在两只瓷坛之间玩耍游戏，他拿起扫帚要去扑打，母亲一把抓住他的手腕，一辈子把老鼠恨之入骨的母亲嘴里像吹口哨似的发出一声"去"，竟好像是为它们通风报信，眼睁睁地看着这支灰色的队伍就这样消失在了她的面前。

　　幸好青花瓷坛摆放在柜子的另一角，距离月饼大约有三尺多远，闭着眼睛他也不会打中它们。但是哥哥的这一声喊叫惊动了父亲，父亲两眼直着向他瞪来，这眼光的威力一点也不亚于弹弓射出的石子，让他自然而然地打了一个哆嗦。潘二龙知道自己打弹弓时最怕打扰，有人喊叫会让他的命中率大打折扣。过去很多次都是这样，有一次他和胡同里的伙伴比赛打鸟，母亲赶来喊他回家吃饭，他一弹打去那只鸟还悠闲地站在树上啄着虫子，后来是被树下的一阵大笑给惊飞了。因此他想，与其打草惊蛇吓走了灰皮，从此引起它的警觉，倒还不如暂且放弃这个打算，让它回到麻痹大意和猖狂大胆之中，然后他再等待新的时机。

　　问题是这么一来，灰皮到底还是注意到他了，它把四只爪子紧扣柜面，肥大的身子贴在那只月饼盒边，留下一个长着胡须的尖嘴在嫦娥的脸上摩挲着，两粒花椒籽大的黑眼警觉地盯着他手里的弹弓，它不知道这是一个什么玩意儿，但它知道这个玩意儿是对付它的,至于怎么对付它又不知道了,想象中的威力应该不小,因此它就随时准备着,在他手腕一动的瞬间纵身一跳。潘二龙突然改变了自己的战略部署,他静悄悄地放下双臂,把弹弓和石子平搁在腿面上,重新拿起桌上的碗筷。父亲发现了他这别扭的动作,终于明白他要干什么了,举起手里的筷子在汤盆上"当"地一敲,意在给这不安分的儿子敲一记警钟,你不是不吃饭吗?你还吃饭做什么?吃你买的弹弓去吧!吃你打的老鼠去吧!今天你要是不把你说的那只大老鼠打死,我就把你的弹弓一脚踏了!

他听出父亲这话除了表示对他的反感,另外还有一层小看他的意思,谅他也不能用弹弓打死灰皮。父亲之所以这样武断,可能是把母亲作为参考,母亲在世时和灰皮较量了多年,到头来还是以自己的失败告终。潘二龙再一次想到母亲,就不把父亲的话当作打击,相反他在这句话中受到了激励,暗自发誓一定要实现自己许下的诺言。这顿饭所有的人都没有吃好,中秋节就在这样的吵吵闹闹中度过了一半,灰皮将这一家人的动态全都看在眼里,尤其是看出了他的决心,似乎心里已经有数,掉过头去,转瞬之间就没有了踪影。

一家人恼恨着潘二龙,潘二龙却把十倍的恼恨转移在灰皮身上,同时他也恼恨自己,后悔没有抢在他们觉察之前发起射击,要不然灰皮此时也许已经躺倒在了嫦娥的怀里。他看见父亲憋着一肚子气，掀开花布帘子走进卧室，而不是到应该收拾锅碗瓢盆的厨房里去。哥哥按照在工商所养成的习惯雷打不动地仰倒在沙发上进行午休，美花嫂子带着牛牛出门说是去买酸奶喝，想必是补充这顿中饭不足的营养。桌上的残汤剩菜摆得七零八落，潘二龙独自一人去收捡着，这时却见父亲原样不动地又从帘子后面走了出来，他才知道这个修鞋匠刚才是假装去睡觉，其实哪里睡得成，还得进厨房去准备节日的晚餐。

　　潘二龙做完了事百无聊赖，趁着这会儿身边没人，就又偷偷从兜里掏出弹弓，去寻找一个合适的地方练习射击，他已有很多年没玩儿这个了，拿不定现在的准头怎样。在这个住了四户人家的大杂院里，正中央的空地上长着一棵枣树，阴历八月的树上枣子们正在由青变红，像一只只被人剁了尾巴挂在树上的小老鼠，如果表皮也是灰色的话。潘二龙将这认作是老天送给他的靶子，仰着脑袋，偏着脖子，虚着眼睛，举着弹弓向它们瞄准着，心想只要一颗石子能射下一颗枣，那么打中一只老鼠也就不成问题了。他试着打了几弹，每次都有一颗或青或红的枣子掉落在地上，有一次还落下并蒂的两颗，他把它们想成是灰皮的一对儿女，内心充满了复仇的快乐。

　　他看见居委会调解大妈家的门裂开了一道缝，很快又合上，里面传出调解大妈的咳嗽声，不知是赶巧要咳还是故意咳给他听。对面卖鱼的小贩子家窗户也敞开了，一股新鲜的鱼腥

21

气随风飘散出来。他意识到这样会惊扰院里的三家邻居，特别是区政府基建科长的老丈人，那可是一个重要角色，连哥哥都对人家毕恭毕敬，听说哥哥想调到人家女婿当头儿的政府基建科去，因为那个单位比工商所油水要大得多。他赶在他们出来制止之前就收兵回营，这时候哥哥已经午休完毕，正在意犹未尽地打着呵欠，还张开双臂伸了一个舒服的懒腰，美花嫂子也刚好带着牛牛精神抖擞地回到家里。他听到父亲在厨房里嘟哝了一句话，内容好像和晚饭有关，估计是希望有人去帮着剥葱和刮姜什么的，母亲在世的时候经常喊他做这类打杂的事。哥嫂一家三口视而不见，听而不闻，他们今天的身份半是主人半是宾客，跟他这个常年和父亲住在一起的儿子性质不同。潘二龙就几个箭步冲到父亲身边，他觉得自己的判断不错，父亲面前摆满了配好的主菜，案上只缺少葱姜蒜和辣椒等几样作料，二话不说就干了起来，心里想的是将功赎罪，让余怒未消的父亲早些原谅他吃饭时的行为。

父亲果然有了一些感动，用修鞋的手在这没娘的孩子头上抚摸了一下，检讨自己刚才不该对他发火，这都是在他娘死后心情不好，生意也越来越难做而引起的。不过接下来就扭转话题，让他以后要学会懂事，听爹的话，别把他这没出息的修鞋匠不放在眼里。潘二龙口中嗯嗯地答应着，眼泪都快要流出来了，心里却对关于听话这条教导打着折扣，认为别的话句句都可以听，不许他打死灰皮的话若是听了半句，他就对不起死去的母亲。但他表面深藏不露，心中暗暗埋下不变的信念，决定事到临头再立刻回到本来的想法。父亲误以为刚才对儿子的谈心起了作用，甚至觉得自己除了修鞋，想不到还有教书育人的特长，上灶炒菜时就继续安排他打着下手，借此再给儿子灌输一些做人的道理。

中秋节的晚饭自然要比中饭隆重，因为晚饭接近夜晚，而夜晚又接近月亮，这是一个和月亮有关的节日。父亲不仅做了八菜一汤，并且还拿出了酒，命令大家今天必须喝好，饭倒可以少吃一点，留着肚子等月亮出来再吃月饼。潘二龙又抢先坐在中午的位置，左右两只裤兜里装好了武器弹药，根据灰皮艺高胆大的本性，他料定它一如既往地还会再来，如果能在今天这个万家团圆的日子打死让他们全家不能团圆的仇敌，那将具有一种非凡的意义！想到这儿他一口酒还没喝，全身从上到下从里到外，已提前觉得热乎乎的。

意料中的灰皮又出现了，意料外的却远不止它一只，总共竟有四到五只的样子，举止动作还有些笨拙，他想起母亲骂过它是小老鼠们的祖宗和教头，认定了那是它的几个儿孙或者徒弟，它们把那盒月饼稀疏地包围起来，摆出一个也来团圆的架势。为月饼生过了气的父亲居然没有把月饼收走，要么气昏了头把这事给忘了，要么觉得离晚上赏月吃饼不过还有几个钟头，现在又还是大天白日，众目睽睽，只有真正的老鼠精才会有那么大的本事能把层层包装的月饼吃到嘴里。潘二龙一到关键时刻就忘了父亲在他头上的抚摸和灶台边的一番知心话，他静悄悄地把酒杯放回桌上，双手同时伸向裤子的两侧，耳边回响着母亲说过的擒贼擒王，计划首先打死这个万恶的贼首，然后再收拾这一群小王八蛋贼。

明察秋毫的美花大嫂又看出了他的动机。完了，这顿饭又完了！牛牛你快闪开，大龙你也坐过去一点！快！肉禽蛋食品加工厂的女会计热火朝天地叫唤着，像是有人在装鸡蛋的货车上混装了煤气罐，随时都有爆炸的可能。她站起来夸张地趔着身子，都快要扭成一只大麻花了，脸上做出惊恐的表情，一手端碗，一手用筷子做指挥棒，紧急疏散着她的至爱亲人，这些人里并不包括她的修鞋匠公公。潘大龙从她身上感到又要发生什么事件，紧跟着也站起身子，老二你到底想干什么？中午我们一顿饭就没有吃好，下午你还不打算让我们吃饭是不是？潘二龙一心无二用，不能及时地答复他们，他必须集中一切精力，抢在灰皮逃走之前拉开弹弓将它打死，不然他还会像中午一样前功尽弃。

但是灰皮又一次得到信息，迅速向围在月饼盒边的几只小鼠发出一种类似秋虫的叫声，与此同时自己已经纵身蹿了开去，动作快得好像白色的墙边闪过一道灰光。等到潘二龙的弹弓指向它们的聚集点时，那儿别说巨大的灰皮，连那几只小不点儿的老鼠都没影了，从弹弓劈叉处飞出的子弹打穿了月饼盒的里外三层，嫦娥的肚子上出现了一个蚕豆形状的破洞。由于用力太猛，那颗穿过月饼的石子裹着黏糖又打在了墙上，接着反弹在地，擦着牛牛的脚边跳了几跳，在地上留下几点暗红的斑点，就像他想象中的灰皮的血。

牛牛跟我走！美花嫂子这时才把碗筷往桌上一撂，夸张地拍着胸口，然后一把拉起还在埋头啃着鸡腿的牛牛，你怎么连命都不要了？想吃鸡腿回家我给你炸一只猪蹄子大的鸡腿！潘大龙伸手想拦住她，被她"啪"的一掌给推开了，你不走你就一个人留在这儿，别拦着我们！潘大龙为难地看了一眼父亲，以长子的身份顾全着大局，美花，那我们就不吃饭了，那我们就吃了月饼再走，或者，把月饼带回去吃也行，怎么说今天也是中秋节！一边说着，一边自作主张地走到矮柜前，伸手想去拿出他已算好的六块月饼，美花嫂子又提起一脚，把地上那颗粘了黏糖的石子踢得满地打滚，像走进乡下茅房一样龇牙咧嘴着，啧啧，从哪儿捡来的脏东西，都打进月饼里了，还怎么吃！全部留给二吧，他不喜欢花好月圆，他喜欢嫦娥奔月，就让他一个人吃了也奔月去吧！说完这话，拉了牛牛就义一般仰脸向着门外走去，鞋底在地上踏得呱嗒呱嗒地响。走到门口，没听到背后有人跟上的声音，回过头来问潘大龙，你到底走还是不走？基建科长的老丈人家你不去看看？

潘大龙本来还犹豫着，听了这话立刻起身，对父亲说了声"那我也走了"，就跟在她们母子身后走了出去。只过一会儿，用钻石牌水泥灌过墙脚的基建科长岳父家里有人关心地问，二位老人你们还好吗？后面就是一阵亲热的说笑声。潘二龙的鼻子往上耸了一下，有点同情他的哥哥，心想着要换了他，就在工商所里上班，没油水就没油水又怎么啦？现在，这个家里又和昨天一样只剩下他和父亲两人了，他看见父亲处变不惊地端坐在上席，脸上露出一种他从没见过的古怪笑容，笑得他身上直起鸡皮疙瘩。

父亲低头看看自己忙了半天的八菜一汤，又抬头看看这个吃饭前还谈过话的儿子，突然举杯站了起来，儿子你狠，老子敬你一杯！潘二龙听到这话毛骨悚然，正不知该如何应对，只见这修鞋匠一仰头把酒灌进嘴里，哈了口气，眼里露出两道凶光，双手扣住桌沿猛力一掀，那桌子就哗啦一声四腿向上，满桌的杯盘碗盏带着酒肉饭菜被掀翻在地上，一些五颜六色的东西从乱七八糟的碎片中漫了出来，屋里很快一片狼藉。

他看见父亲的脸上又露出怪笑，酒后吐着让潘二龙吓破了胆的真言，儿子你狠，你像你娘，你可能不是我的儿子！我真是划不来呀，为了生你我把多好的工作都给丢了，可你哪一点都不像我，也不像你哥哥，早知这样，当初趁你还在娘胎里我就应该把你打掉！我的儿子是你哥哥这样的人，天塌下来都睡得呼噜大鼾！父亲的怪笑声后来拐了个弯，变得像号叫一样，他想安慰父亲，却找不到一句能起作用的话，就只有默默地跪着双腿，一点一点收捡地上的残物。

3

过罢中秋节潘二龙照常上学，父亲也照常出去修鞋，气极败坏的父亲似乎仍不忍心惩罚这个没有了娘的儿子，依然代替母亲做饭给他吃，用修鞋挣得的微乎其微的钱给他买学习用具。只是父子之间更加没有话说，偶尔一句必须要说的话，也说得极其的简明扼要，比方吃罢了饭父亲先出门时提醒他说"把门锁好"，后出门的潘二龙回答说"嗯"！潘二龙为父亲说他不是自己的儿子毛骨悚然，想了几天几夜也没想明白父亲是指长相，还是指性情。这话分明是对他们母子二人的一种污辱，如果是前者的话问题就很严重，母亲生下大哥十多年后又怀了他，为了他的出生父母有过一场激烈的斗争，后来母亲取得胜利，父亲却被国营制帽厂开除，沦为一名自谋生路的修鞋匠。但他想到父亲的最后一句话是夸奖哥哥"天塌下来都睡得呼噜大鼾"，那么说他不像哥哥，就有可能只是指他们兄弟二人在对待老鼠的不同态度上，他才稍微减轻了一点心理负担。

那盒惹事的月饼父子二人至今一块也没有尝，他们都心照不宣地想留到潘大龙带着妻儿下次回来，下一次应该是九九重阳节，月饼的保质期能坚持到那一天。潘二龙取出盒子里的月饼收进柜里，把被他打破一个洞的空盒依旧立放在柜面上，维持着嫦娥奔月的样子。打死灰皮的念头他一刻也没有停过，他要继续诱惑它带着儿孙或徒弟们来偷吃美食，让它们亲眼看见这位老英雄死在他的弹弓之下。他还有些后悔过节当天怎么就没想到这一点，害得他们白白损坏了一块月饼，让美花嫂子脸上做出那种走进乡下茅房的表情。那块被他打破的月饼他已做上记号另外放着，等全家再次团聚的那一天，他会当着美花嫂子的面自己吃掉。

灰皮当然不会放弃这盒喷香的月饼，不过它调整了作息时间，不再在人吃饭的时候抛头露面，更多的又改回以往的夜间行动。更深夜静本来就是它们的良辰吉时，也只有灰皮仗着自己艺高胆大，才敢公然在大白天里出来。但是夜间它尽量少去那只放置食品的矮柜，那儿紧贴母亲的床头，它最恨也最怕的就是这个和它斗了一辈子的女人，虽然这个女人已有许多日子不见，却保不准哪天晚上还会回来。它把白天出来的时间由吃饭中改在了吃饭后，这会儿工夫他们要么去刷锅洗碗，要么去倒头午睡，要么就关门上锁出去做别的事情，整个屋里就成了它们横冲直撞的天下。

这天父亲吃罢中饭，对这个惹是生非的小儿子嘱咐完锁门就出去了，嘴里难得的哼着一句流行歌曲，听得出心情比前些日子好了一点，临出门时还看了一眼矮柜上的青花瓷坛。自从母亲去世以后，父亲把修鞋的摊子挪到一个建筑工地附近，生意有了一些好转，只是路程远了，每天出去得更早回来得更晚。中午如果正好有人修鞋，错过了回家做饭的时间，就在外面的小摊上随便买点吃的，潘二龙放学看见大门锁着，进屋冷锅冰灶，知道父亲今天运气来了，便自己用开水泡一碗方便面吃。他对父亲中午不回家做饭半点意见都没有，甚至还希望经常这样，因为他可以自由自在地等待灰皮，不会受到任何人的干扰。

这样的机会说来就来，这是一个星期五的中午，潘二龙放学回来父亲又不在家，却见家里呈现出一幅奇异的画面，那只被他立放在矮柜上的空月饼盒被撕成了碎片，扔得到处都是，画着嫦娥的那几片彩纸飘落在地上，一个没有身子的漂亮脸蛋对他笑着。他的眼前首先出现了愤怒的父亲，接着是失望的贼，但他很快就否定了自己的猜想，断定这又是灰皮干的！这只巨大的老鼠一定是经过几天的努力，咬开这只香气四溢的盒子，发现是一座空城就气疯了，用它尖利的牙齿和爪甲，对这个调戏它的盒上美女进行报复。

潘二龙高兴得发出叫声，他觉得灰皮的报复远没有他的报复来得实际,接下去他还要更进一步地报复它,直到把它打死为止。现在家里没有父亲,他可以放心大胆,为所欲为,百分之百按照他的意愿行事。他宁可自己吃个半饱,也要省出三分之一的中饭用于杀敌,这是一种可以泡水也可以干吃的方便面,他假装成吃不完的样子掰下一块,放在一只透明的塑料碗里,再用一个又轻又薄的盖子压在上面,那盖子一股小风就能吹开,做好后他回到原处,密切关注着时局的发展。这一次因为屋里只有他一个人,弹弓和石子无须装入裤兜,放在自己伸手可及的座椅上,这样还可以少费周折,节省工夫,更好地抓住时机,在最短的时间内将这该死的老东西消灭在最佳位置。他用开水泡开卷曲的面条,叮嘱自己吃的时候不要发出任何声响,临到喝汤时做不到就扔下不喝,所有的牺牲比起打死灰皮这件事来都太渺小了,就相当于一毛和九牛的关系。

可是中饭快吃完了灰皮还没出现,这时他尝到碗里的面条一点味道都没有,原来他一门心思都在灰皮身上,忘了在面条中放汤料和调味品。方便面的香气全靠那两个小纸袋,灰皮不来很可能也是由于这个,无香无味的干面棍儿可赶不上月饼,那家伙在吃的问题上比他讲究多了!潘二龙心里想到这点,并没打算把调料留给自己享用,他撕开纸袋,踮着脚尖走到矮柜前,在那无人问津的诱饵上撒了一层,然后又踮着脚尖退回来,隐身在一个光线暗淡的角落里。这下子他可算想对了,灰皮还真是他认为的那种刁钻角色，大约半个钟头以后，它闻到了那层调料的香气，从墙壁和楼板相接的地方先出来一颗圆锥形的头，接着又出来一个布袋形的身子，最后，一条皮筋形的小尾巴也露出来了。

潘二龙最恨的是它身上最肿大的那个部位，那里面装的都是在他家吃的东西，这些东西有的是他们吃剩下的倒也罢了，有的是买回来还没顾得上吃，或者是舍不得吃的，却被这个可恶的贼给偷吃了。长年累月地吃，白天黑夜地吃，才吃出这个像肥猫一样的体形。灰皮的小眼睛暂时还没有看见他，更不知道他心里在想什么，东张西望了一阵才凑过去，用几根胡子轻轻一碰，塑料碗上的盖子就掉了下来，它把鼻子探进去反复地闻着，确信了那块卷曲的食品里没有前一阶段曾经有过的可疑粉末，就转过方向，嘴里发出秋虫一样细微的鸣叫。随后一支灰色的队伍循声而出，蹿到它的身边三面展开，把这个形状新颖的东西包围起来。

他的双手同时伸向座椅上的弹弓和石子，这一次没有美花嫂子的嚷叫，但是经验丰富的灰皮感觉眼前有个影子晃了一下，只这一下就知道暗中有人埋伏，又紧急发出一声鸣叫，为了掩护这些小字辈的安全逃离，它没有选择同一条路线，而是将它肥大的身子腾空一跃，落在了柜角上那一对青花瓷坛的背后，从两只瓷坛之间露出头来，监视着眼前这个手举弹弓的敌人。潘二龙把弹弓对准了两坛间的那道弧形的缝隙,他没想到灰皮会来这么一手,按理说它应该顺着墙脚迅速溜走,那是一般老鼠事败以后的逃生之路,只有灰皮真是艺高胆大,一反常规地选择了这步险棋。它亲眼看见过那个有些日子不见了的女人每天晚上都用抹布小心地擦拭这对瓷坛,又认定了眼前这个少年就是那个女人的继承者,今天成心要向他发出一次挑战。

要在往常,或者面对别的器具,潘二龙不会这样的畏首畏脚,他是在接连两次激怒父亲之后,弹弓前又是母亲生前视为宝贝的陪嫁,实在不敢再擅自下手了,如果没有打中灰皮而打中了青花瓷坛,父亲回来将会如何他能想到,即便把灰皮和青花瓷坛同时打中,他的结局也是一样。潘二龙一想起中秋节的那天,身子就不由得打了一个哆嗦,他能断定灰皮一定是看破了他的心理,捏住了他的短处,为了掩护它的几个儿孙和徒弟,才决定铤而走这个险。此时那几只小鼠已经转移开去,它可以没有后顾之忧地对付他了,就开始在两只青花瓷坛之间跳过来又跳过去,像和它的伙伴玩儿一个捉迷藏的游戏,嘴里还适当地叫上两声,倒要看他究竟把它怎么办。从来没失过足的灰皮似乎很相信自己的武功,万一这个少年丧失理性,不惜一切的向它一弹射来,只要它已做好了思想准备,也能一瞬间隐身在其中一只青花瓷坛的背后。

十五岁的潘二龙被年长于他的灰皮给治住了,他的眼睛随着灰皮转向两只青花瓷坛的途中，又看见了挂在墙上的母亲遗像，满面沧桑，形容消瘦，深受疾病折磨，长期睡眠不足的母亲正远远地望着他，眼里闪放着坚定的光芒，还和带他去买各种灭鼠器材与药物的时候一模一样。他觉得这可恶的家伙是成心在欺负他，也是在欺负他死去的母亲，一时间他被仇恨冲昏了刚刚还清醒着的头脑，同样都是母亲在世时说过的话，他却用她对灰皮的咒骂覆盖了保护青花瓷坛的那一声"去"，竟不顾死活地举起弹弓，对着前面那个不仅跳着而且还叫着的灰影"嗖"的一弹，心里还大喊着"我打死你"！但他接下来听到的不是灰皮的惨叫，而是"哗啷"一声脆响，这声音像天崩地裂，潘二龙眼前的世界顿时发黑，什么他都看不见了。

过了很久他才发现，母亲的陪嫁之物，他家的镇宅之宝，两只青花瓷坛只剩下了一只，另一只成了几块各种形状的瓷片，白花花地仰翻在柜子上，瓷片中绝对没有留下灰皮的尸体，这个阴谋家故意让他惹下一场大祸，自己早已躲到一个黑暗的洞口去看他的笑话了。潘二龙怒火万丈，其中还夹杂着后悔莫及，但他后悔的不是朝着自家的宝贝动手，而是功夫没练到家才会将它打碎，如果他真是一个神弹手的话，此时翻倒在柜子上的就会是千刀万剐的灰皮！现在倒好，瓷坛碎了一只，灰皮却一根毫毛也没伤着。他责备自己连让灰皮和瓷坛同归于尽的本事也没有，连打死一只老鼠为一个亲人报仇的理想都不能实现,心里感到万分沮丧,难过到极点的时候他使劲儿揪着头发,恨不得用他自己的弹弓射他自己。

潘二龙听到了一点轻微的响动,顺着这个声音在两步以内的地方发现了灰皮,它站在一条桌腿旁边,分明是故意要让他发现,刚才的响动是它用爪子刨着木头,好像给自己的腿抓痒痒,它的腿刚才跳来跳去都跳痒了。这张正方形的桌子是他家吃饭用的,中秋节的那场家庭矛盾就围绕在这张桌子进行,父亲发怒掀翻的也正是这张桌子,在这张桌子旁边的座椅上,现在还放着几颗比蚕豆略大一点的石子。胆大包天的灰皮竟敢来到他的眼皮底下,而且用这难听的声音引来了他的目光,随后又转身蹿到墙边,做出一个纵身返回柜上的动作。

他一下就识破了它的计谋,它是想再次蹿到另一只青花瓷坛背后,引诱他把剩下的那一只也打破,让他家的两件宝贝在一日之内毁掉一双!他也像灰皮那样蹿了过去,用自己的身子阻断它的道路,准备在它迎面而来的时候,抬起踢球的脚来把它踏成一团肉泥,潘二龙在校是以射门著称的足球前锋,就不信踏死一只老鼠比踢进一个球还要困难。灰皮不得已才调转方向,一边回头看他一眼,一边索性奔向门外。潘二龙中午回家以后没有关门,过去灰皮在院子的几户人家之间进行活动,主要是通过彼此相连的房顶和墙壁,极少像人一样从门里出进,这次它想体验一下人的感觉,就从敞开的门内蹿上门槛,又从低矮的门槛跳出门外，再顺着门口的墙根笔直地跑上一段路程，回头看他一眼，看他如果追赶，它就接着再跑，如果他不再追，它就又停下来等他一会儿。

潘二龙不仅是足球前锋，短跑和跳远也是全校的前三名，他相信只要它不钻进洞里，追上它就没有问题。他已经忘了今天是星期五，下午还要继续上学，学校领导和同年级的老师来他们班听课，他还是本周负责打扫教室的值日生。这些事他全都忘了，只记着要把这个旧仇未报又添新恨的畜生一直追到它跑不动了为止，让它累死在马路上，轧死在车轮下，踏死在行人的乱脚之中，以此告慰母亲的在天之灵。灰皮当然不会按照他的想法去跑，老鼠最忌讳的是跑上大街，因为一上街人人喊打，局面对它是不利的。它选择的路线是绕着大杂院的四面墙根，形成一个平行四边形的跑道，一圈一圈地跑下去，在这条线上一圈有四个转折点，它们柔软轻盈的身子转起弯来无比灵活，而人就不一样了。

果不其然它只跑了三个方圈，他在后面转弯太急，差点儿一个跟头摔倒在地上，踉跄了几下才能接着再追，这一来更加追不上了。而且追到第五圈的时候，它又采取了新的措施，假装跑累了故意放慢速度，缩短和他之间的距离，眼看着他的脚就要踩着它的尾巴，它突然折回身子，飞箭一般朝着他的方向反射过去。潘二龙被它弄了个措脚不及，这一次真的摔倒了，屁股朝下，两手着地，四仰八叉地摊在院子里，手里的弹弓扔出一丈开外。

灰皮就站在他的脚边，听他恶狠狠地骂了一声，是点着它的名字骂的，只过了一秒钟他就又爬起来，眼睛飞快地四处张望，像是要找回那支扔出去的弹弓。灰皮趁他没有找回武器之前，也飞快地观察了一下周围的形势，觉得这一次的距离虽说比屋里要远一些，但是背景除了墙壁，只有几个沿着墙根摆放的盆盆罐罐，没有一件像青花瓷坛那么值钱的东西能作遮挡，它的追击者完全可以无顾无忌，尽情射击。不过它发现了一只紫色的盆子里种着一棵绿色的植物，枝干上挂着一块红色的牌子，牌子上印着金色的字，心想那莫非也是什么宝贝，就一纵身隐在了那只紫盆的背后。那棵植物本身一米多高，主人为了虚张声势，在它的脚下垫了一摞砖头，远看就有两米高了。灰皮隐身于它是想在这儿稍事休整，再和追击者进行持久的斗争，直到把他彻底拖垮，被迫停战。

它在想着这个策略的时候，有一小截尾巴忘乎所以地露出盆外，潘二龙根据这个知道了它现在所处的位置，眼前兀然出现了被他追打的灰皮影子，长度大约是花盆的二分之一。他猜它如果觉得这儿不够安全，还想继续向前逃窜的话，下一秒钟它的尖脑袋和圆肚子就会像尾巴一样暴露出来。潘二龙相信自己这次判断准了，就在捡起那支弹弓的同时，顺手又抓起地上一个石块，擦着那只盆子的边沿发射过去，然后他想听到一声惨叫，等他应声赶去，恶贯满盈的灰皮已被鲜血染成一张红皮，像一只吹破的红气球摊在地上。

他听到前面传来的声音，不是动物嘴里发出的叫声，也不是动物身上发出的响声，而是有一种什么器物被打破了。不用说是那只栽着植物的花盆，因为是紫砂不是白瓷的，里面又填满了土，破裂声短促而又沉闷。他看见眼前有一块盆子的碎片坚持了一会儿才掉下来，盆里的土和树没有了拦挡，快速地向外倾斜着，垫在盆底的那摞砖头摇晃了一下，花盆失去平衡，像个失足的人一头栽倒在地，植物上的几根青枝给折断了，被压在垮塌下来的砖头和泥土中。潘二龙的眼睛再次发黑，他还想在翻倒的破盆后面看到灰皮，看到它已经死了，或者受了重伤，正在拼死地挣扎着，肮脏腥臭的屎尿和污血染脏了盆里的树，还有一根花花绿绿的肠子缠在折断的树枝上，虽然它不是被他的子弹击中，却是砸倒在被他子弹打破的花盆下面。

但这只是他的一厢情愿，那儿根本就没有它的影子，花盆边，墙脚下，院子里，甚至连地面上都没有它，那个精怪不知何时又蹿到了院子中央的那棵枣树上，变成一只更加自由的松鼠，一团灰光在绿色的枣叶和或青或红的枣子间跳来跳去，时而发出挑逗的叫声。潘二龙仰面朝天地追踪着它，被它身后的太阳光照得眼花缭乱，幸亏这时太阳快要落了，不然会射瞎他的眼睛。他觉得这样下去自己会疯，不如索性与它决一死战，就转身回到家里，再次出来时裤兜里装满了从马路上捡回的石子，他把它们一颗又一颗地包进弹弓，向着树叶摇晃的地方连续发射，每射出一颗嘴里都要大吼一声，我打死你！

一时间院子里风声飕飕，从天上应声落下一阵阵彩色的冰雹，青的红的和半青半红的，很快就铺满了砖砌的地面，这里面有枣叶、枣子和碎小的枣枝，唯独没有中弹的灰皮。那家伙别看肥大得像猫，动作却比真正的松鼠还要灵活，它身轻如燕地在枣树上跳着叫着，俯视着地上这个疯狂的少年，两粒花椒籽大的小眼睛滴溜溜地打转，里面装满了脸上不能表现的嘲笑。潘二龙把裤兜里的石子都打完了，那些凌空飞翔的子弹打在树上以后就不知去向，他只能一次一次地弯腰捡起脚下的枣子继续射击，同时迎着树上的挑战，嘴里也不断地发出吼声，我打死你！我打死你！

整个院子都被他的怒吼声、枣树的中弹声和枣子的坠地声惊动了，先是窗户打开，从里面探出一张张熟悉的脸，紧接着门也打开，男女老少的邻居们远远地望着他。区政府基建科长的岳父岳母，街道居委会的调解员大妈和她家男人，卖鱼卖虾的小贩子两口儿，他们惊恐万状地呼喊着他的名字，听着就像一声比一声高的三部轮唱。二龙！你这是干什么呀？二龙！是潘师傅家的二龙吗？二龙！这孩子今天是怎么啦？潘二龙的耳朵什么也听不到,他继续打着,继续吼着,我打死你!我打死你!我打死你!

4

父亲回来的时候身后跟着一个戴眼镜的胖子,这时天色有些暗了,那人一手握着夹在胳肢窝里的黑色皮包,一手摸着院门小心地走了进来。他们发现院子里热闹非凡,几个上了年纪的男人和女人包围着一个十几岁的男孩,轮流向他提出一些问题,男孩正在语无伦次地回答着,满头都是汗水。父亲偏了一下身子,从人缝中确认了这个男孩就是二龙,心里顿时火冒三丈,正想上前去喝问他又在干什么坏事,却听到人圈中发出一个笛子一样的高音,潘师傅你可算是回来啦,快把你的儿子领到医院去看看吧!这是区政府基建科长的岳母,她的笛音刚落,基建科长的岳父紧跟着又来了一个长箫一样的沙声,安定医院!精神科!

这对老夫妇的话里明显含着一种讽刺,父亲听出来了,知道儿子并没有生病,放下修鞋的工具箱,上去揪住他就骂道,你这个臭小子,又惹叔叔阿姨们生气啦?潘二龙傻看着父亲不能说话,街道居委会的调解大妈站出来替他大事化小,小事化了,其实呀也没什么,潘师傅您千万别动气,这孩子可能就是有点儿嘴馋,八月十五那天中午我就看见他在树下拿弹弓子打枣，我心在想，等枣子熟了让人都打下来，还和往年一样把它分了呗，这树长在我们院子里不就是我们大伙儿的吗？她身后的男人也帮她调解着，家里有小孩的多分几个！

潘二龙觉得自己的心灵受了伤害，他的脸在暮色中比没有红透的枣子还红，我根本就不是为了打枣，根本就不是！他还没来得及说出不是的根据，鱼贩子的媳妇扫了一眼他的修鞋匠父亲，从中打断他的话，你不是为了打枣你是为了打什么？未必故意打我家的花盆不成？幸亏你没把我家的鱼缸也打了！这个小女人刚卖完鱼，水汪汪的两只手上都是亮晃晃的鱼鳞，她举起其中一只指着那棵翻了跟头的树，让肇事者的父亲修鞋匠亲自过目。

父亲首先认出那个打破的花盆是紫砂的，想着自己又得白修几天皮鞋，心里直疼，嘴上还得当着带回家来的客人向这小两口儿道歉，提出明天早上就去买一个回来赔了。接着又像一只挨了鞭子的陀螺，转着圈儿地给邻居们鞠躬作揖，对不起啊！对不起啊！鱼贩子嘴里牙疼一样吸吸溜溜地响着，这个盆子倒不值几个钱儿，问题是我这棵发财树呀，潘师傅你知道的，我们生意人图的都是一个吉利，要不我一天这忙还要侍候这树？这下子可好，今年我还能发个什么财哟！鱼贩子的媳妇怒斥她的男人，还想发财，发你的脑壳，恐怕连你老婆都要赔出去了！父亲这才知道，儿子打断的就是大名鼎鼎的发财树，脸色由黑红变得一黄一白，不敢再说赔偿的话了，只是弓下腰去，双手扶起那个破盆，捡开压在树身上的砖头和泥土，努力让它又抬起头来。

潘二龙不得不当众宣布他是为了追打灰皮，他觉得打老鼠的行为要比打枣子光明正大，邻居们这些年也深受老鼠的侵害，他们保护枣子，他们才不会保护老鼠呢，对他为了打鼠而误打了枣的过失他们应该表示谅解。但父亲是不可能谅解他的，一听老鼠二字又会火上浇油，而且这还不是最恼火的时候，因为还没看到自家那只被打碎的青花瓷坛。

好你个兔崽子！又是为这个！你给我回屋里去！等客人走了我再来收拾你！果不其然父亲扬起一只修鞋的手，由于距离的原因扇不到他，就对他狠狠地招了两下，接着又狠狠地一挥，转过身去却变脸似的笑了，再次转着圈儿地给邻居们鞠躬作揖。作到区政府基建科长的岳父岳母时，父亲的腰弯得比给当事人鱼贩子更低一些，看样子是希望他们别把对这个小儿子的不良印象，通过女婿转嫁到大儿子身上，做父亲的知道，大龙想跳槽到肥水衙门政府基建科的愿望，已经很有些日子了。

邻居们得知潘二龙是为打老鼠，也并没有像他想象的那样表示谅解，基建科长的岳父拍了一下自己的腿，这孩子，那次我就劝他哥别折腾，就这么着吧，他哥倒是听劝，可他就是不听，非要把院子里闹得鸡飞狗跳不可！基建科长的岳母也像那天一样跟了一句,我不也劝过他吗,我说是甭理它,把自家的东西收捡好了,它来了白来下次不就不来了?听人劝,吃饱饭,这孩子要向他哥学习以后就有饱饭吃了!

居委会调解大妈熟练地打着圆场,敢情您家布防得好,人家想去都没法去呢!其实这孩子也没什么大错,不过是做事莽撞了一点儿,好多事情还没想通。就说这老鼠吧,你是命,人家也是命,你要活,人家也要活,世界是你的,也是人家的,怎么就不能给人家留一条活路?调解大妈的老伴儿也协助她调解着,我老伴儿说得对,没准儿这世界最初还是人家的呢,你也不想想,我们这条胡同叫什么名字来着?老鼠胡同!这说明什么?说明这条胡同本来是老鼠的,是我们抢了人家的地盘儿,如今反倒不许人家来了,你到底还讲不讲理?

鱼贩子配合着肇事者的父亲,已经把发财树扶了起来,只是折断的几根青枝没法再接上,牙齿也就还在吸吸溜溜地响着,一边吸溜一边谈着自己独到的经验。老院子嘛都会有老鼠的,除非是住钢筋水泥的楼房,楼房老鼠也能进去,有人养猫毙鼠,做鱼生意的不敢喂猫,我就采取这么一个办法,每天丢几条死鱼烂虾在墙角里,老鼠天天有鱼有虾吃,它不就不来扰乱人了吗?鱼贩子的媳妇担心男人的说法站不住脚,理由是每家都这样做是不现实的,就又接过话去说,没鱼放可以放点肉,放点粮食也行,只是别放坚果,有硬壳的东西吃起来声音太大了！实在是还要打的话，那就关起门来在自己家里打，别让它跑出来打扰别人！她用痛心疾首的目光看着盆破枝断的发财树，总算把男人的话补充完善了。

潘二龙忍受着众人的指责，讨好地拎着父亲的工具箱溜进屋里，头低得像脖子上面挂的倭瓜，一进门就后悔自己没有抢在追打灰皮之前打扫了战场。那样做有可能哄过一时，父亲回家以后，今晚匆匆忙忙吃饭睡觉，明早紧紧张张洗漱出门，或许注意不到柜上的一对青花瓷坛少了一只，等到哪天发现事情已经过去了，那时他再想办法抵赖不迟，这比盛怒之下父子二人短兵相接要和缓得多。但他现在已经来不及了，进到屋里，他尽量站得离一片狼藉的柜子远点，目的是把父亲的眼光支引开去，尽可能晚一些暴露问题，能拖一会儿就拖一会儿，最好拖到夹黑皮包的胖子走了以后，关起门来他任打任剐。他不知道这个胖子是来干什么的，父亲不让他们互相认识并不光是生他的气，也说明他们之间没有亲戚关系。

胖子进门以后并不急于坐下，先是站在屋子中央左右环顾，游移的眼镜片子闪烁着两朵白色的磷光，黑色皮包像是长在了胳肢窝里，张嘴就问那两只东西在哪儿。潘二龙感觉胖子是为"那两只东西"而来，猜想着那是两只什么东西，总不至于是修鞋匠父亲替人收捡的一双好皮鞋吧。父亲怀疑这人其实已经看见了那两只东西，这样问是想显示那两只普通的东西并没有那么引人注目,就"啪"的一下拉开了灯,伸手往矮柜的方向一指,那儿,上面那两只就是,您是行家您自己看吧,清朝乾隆年间的官窑,儿子他娘的娘家祖上也是大户,出嫁时就陪嫁了这两样儿!

父亲说完这话愣了一下,接着嘴巴就张开了。胖子顺着父亲的手势看去,两朵闪烁的白光凝固在了脸上,怎么回事?你可是亲口对我说的两只!一对儿!胖子看到的是一只青花瓷坛,另一只破成几块仰倒在一堆花纸壳中,脸上的表情由惊诧变成了愠怒,一双眉毛紧缩起来。父亲此时已呆若木鸡,忽然想起了一个人,低头看见站在那儿闷声不响的潘二龙,料定必然又是他干的好事。你这个狗东西!你真要气死我呀?我下了好大的决心才打算把这坛子卖了,想攒点儿钱给你将来上大学,你、你、你,我恨不得一棒子打死你!

算啦,算啦,算啦,你们父子两个就别演这出苦肉计啦!胳肢窝里夹着黑色皮包的胖子眼看着父亲满屋寻找要打死儿子的棒子,半点儿也不阻拦,用手在空中徐缓地摆了三摆,转身向着门外走去。修鞋匠的家里没有现成的棒子可拿,父亲找到了一根拖地的墩布,正要把它调过头来使用,一见已经领到家里的胖子要走,丢下墩布快速上去阻拦,先生您听我说,我的确是不知道,我清早出门时还看见是两只坛子!真的我不骗您!要么这样先生,您就把这一只拿走,价钱也按一只算?

胖子回过身来，料事如神地望着父亲冷笑，被我说中了吧？明知道干我们这一行的要就是一对儿，你就编出有两只的鬼话骗我上门，还弄些破瓷片子来伪造现场，好让我欲要又不能，欲罢又不忍，最后只好退一步把这一只要了，是不是？是的，干我们这一行的很多人都会这样！但是我不，我不想要的东西就是不要，再便宜也不要，宁可今天白跑一趟，这没关系，只当你请我看了一场戏吧！再见了！拜拜！

父亲目送着胖子夹在胳肢窝里的黑色皮包，那里面装的是来交换青花瓷坛的现金，现在却一文不少地又装走了。想着自己为了对得起儿子，宁可对不起儿子的娘，用儿子娘的陪嫁之物来换儿子的前程，不料这番苦心却被这个不懂事的儿子打了水漂，气得砰的一声关上房门，转身做的第一件事是再次捡起地上的墩布。你说这到底是怎么回事？嗯？你为什么要这样做？嗯？我给你一分钟的时间，你再不给我说清楚我就把你像这坛子一样砸了！父亲这么审问的时候其实心里已有了答案，无非是想听他亲口招供，根据这个再进行下一轮的审问，延长对他惩罚的时间。

潘二龙从父亲的怒吼中想象着自己的下场，觉得怎么回答都是一样，于是索性保持沉默。父亲仁至义尽地等了足有两分多钟，远远超出限定的时间，见眼前站着的仍然是宁死不屈的儿子，一咬牙真的抡起了棒子。潘二龙举起两只胳膊，但他决不是投降，他是要保护自己的头部，那里面有一个比以往任何时候都更强烈的愿望，一定要打死灰皮！如果他的头被父亲打破，这个愿望也将随着他的生命一道死去。他闭上眼睛，也像父亲那样咬着牙，等着那根棒子落在他胳膊上，他心想这样挨上几棒之后，父亲的火气有了消减，他也就保住了一条小命。

但是棒子很久也没落下来，耳边却听到"哗啷"一声，睁眼看时，柜子上只剩下一只的青花瓷坛也没有了，留下的是一堆更碎的瓷片。父亲的一只手背流出了血，手掌里握着的墩布木把倒在腿边，那两条腿和身子一起索索发抖。潘二龙大哭着扑向父亲，嘴里突然喊出一句话来，那一只是灰皮害我打的，可你为什么要打这一只呀？父亲用鲜血淋淋的手挡住了他，不许他靠近自己，大声吼道，都打了好，都打了家里就再也没有这些事啦！

他认为父亲犯了逻辑上的错误，家里出的这些事情全都是因为灰皮，又是灰皮害得他们父子一人打碎一只青花瓷坛。但他不仅不敢再和父亲顶嘴，还得去给父亲包扎瓷片划开的伤口，他不知道哪儿有止血的药物，想起母亲在世的时候是把她的药都放在柜子里的，希望能从柜子里找到一张创可贴。潘二龙伸手去开柜门，却隐约听到一种喊喊喳喳的声音，正发自那两扇柜门后面，很像是上了年纪的人在小心地嚼着零食。他立刻联想起他放在柜里的月饼，还有那几只当天就要下手的老鼠，心里一惊，猛地一下把柜门打开。他看见一群小老鼠尖头朝下，正在抢吃撒在柜底上的一层黄色粉渣，八月十五团圆之日，他们全家五人一口没吃的那十块月饼，现在一块也没有了，连结实的内包装都被撕成了碎片。现在它们吃的是从月饼身上掉下的碎末，这些该死的杂种尾巴朝上，还在忘我地摇动着。

  在它们身边最阴暗的死角，那儿有一只巨大的老鼠什么都不吃，两只花椒籽大的黑眼睛密切注视着柜门的方向。不用说它又是灰皮，天知道它什么时候从院里的枣树上跳了下来，怎么潜伏在他家门口，趁胖子开门出去的一眨眼工夫，又如何蹿回他家，钻进柜里，招来它的子孙和徒弟分吃这份最后的美食，自己却在它们的喊喳声中，窃听外面这对父子流血的斗争。潘二龙睁大两眼怒视着它，它也以挑战的眼光看着潘二龙，双方都在想着下一秒钟的事。看样子它不会选择从柜子后面的洞口逃走，因为那个洞是它指挥小老鼠们打的，差不多是量身定做，而它的身材过于肥大，钻进来的时候颇下了一番功夫，为此还把背上和腹部的灰毛蹭下不少。它知道钻出去时更不容易，如果转身以后不能像箭一样射出洞外，在这么短的距离内，这个怀有两代仇恨的少年无论抄起一件什么工具，都将从背后把它打成肉饼，即便是用手也能把它抓住，像砸碎一只酒杯那样把它砸在地上，最后再提起脚来，把它踏得比肉饼还薄。

潘二龙心里想的几乎和它一样，他的手中没有任何武器，在他举起手来迎接父亲的棒子时，弹弓已被他快速地藏进裤兜，他担心他要是用手去掏这个，灰皮一定会抓住机会紧急进洞。因此他等待着这样一个时刻，等待灰皮在终于坚持不住的时候豁出性命，施展它的一手绝技，突然迎面向他扑来，杀开一条生路突围出去。这一手刚才在院子里它已经成功地用过一次，他沿着那条平行四边形的路线向它追击，不料它中途一个回马枪杀来，害他摔了一个仰面朝天。他想它这一手如果二次使用，他将用整个身子堵住路口，双手合围把它掐住，塞在自己的鞋底下，把全身的力气都使出来往下踩着，直到踩出它一肚子的屎尿。

他们就这么对峙了很久，潘二龙听到"滋"的一叫，就看见灰皮咧开尖嘴露出里面的两排牙齿，像是要紧急对付向它发起袭击的人。他从来没见过老鼠咧嘴的样子，第一次发现它的牙齿尖利而且雪白，口腔里面红艳艳的，好像含着一泡鲜血，嘴唇外的几根长须钢针一样排列左右，全身连皮带肉都往里缩着，个头比先前小了很多，藏在肚皮下的四只爪子死扣柜底，随时都准备着抓向对方。潘二龙回想过去，他只是感觉它大得像一只猫，这时他才想到了狼，它真像一只被人追捕的狼崽。同时他又第一次发现，它的那对花椒籽大的黑眼睛已经变成红的，快要接近口腔的血色了。他正猜想着它下一步将会如何,这时候只见眼前灰光一闪,一块貌似石头的东西擦着柜顶,直接朝他面门砸了过来。他被吓得身子一个后仰摔倒在地,当他赶紧翻身爬起,伏在柜子死角的灰皮早已经没有了。

父亲对发生在眼前的事情毫不知晓,看着自己这个惹事的儿子一会儿倒下去,一会儿爬起来,疯了一般四处寻找着什么,那只弹弓又握在了他的手里。顺着他移动的手势看去,一头像猫一样肥大的老鼠正沿着墙根飞快地跑着,跑上一段扭头看看,调整一下路线又跑,儿子是被它的挑逗气得发疯,才敢把自己这个当爹的都不放在眼里,不顾死活地以命相拼。潘二龙的心思还真被父亲给猜中了,既然两只青花瓷坛都已打碎,家里就没有任何可顾虑的东西,他可以放开手脚,只要能把灰皮打死,打坏什么也不足惜。但他一次一次地举起弹弓,这个狡猾的家伙每次都几乎在他出手的同时改变方向,让他的子弹擦着它的身子落空,和打破的墙皮一起掉在地上。

他的眼睛也和灰皮一样变成红色,里面完全没有了父亲,只有那道飞奔的灰影,灰影奔到哪儿,它就追到哪儿。最后,他发现灰影奔跑的速度慢了下来,动作也不再像开始那么活泼矫健,甚至还有点儿拖泥带水。他怀疑它受了伤,心里一阵狂喜,但再一想它并没有被他伤着,他的子弹连它尾巴上的细毛也没打掉一根,它可能是累了,从中午开始直到夜晚,树上树下,屋里屋外,四爪不停地狂奔乱蹿,有时候还腾空飞行,又顾不得吃树上的枣子，柜子里的月饼渣末都让给了小鼠们，它就是一只铁打的老鼠也又饿又乏了。不过潘二龙又想到自己，他不也同样如此吗，还是中午吃的大半包方便面，至今也没有一口饭菜下肚，可这一点儿也不影响他的斗志。这样想来，他判断灰皮有可能故意伪装成这副模样，骗得他放松警惕，在它那个格外肿大的肚子里一定又怀着逃命的新招，没准儿就在下一秒钟，还会第三次向他发出反扑。

但是这次，灰皮是真的快要耗尽力气了，它在跑动的时候不再贴着地面笔直向前，像一支梭镖脱手而出，却是一耸又一耸的，利用身体的惯性往前蹿动，每一次下落的时候肚皮都会贴着地面，发出轻微的摩擦声，时而还会带起几星尘土。这样跑不多远就回头看他一眼，根据他的姿势和距离，调整它的速度和方向。潘二龙相信了自己的第二个判断，决定乘胜追击，将它消灭在穷途末路之中。他却又有一点儿疑惑，为什么它不进洞，它的洞究竟在哪儿，是不是它不想让他发现洞口，以免他痛下毒手端了它们的老窝，因此才冒着生命的危险与他周旋。他正在这么想着的时候，忽然就看见被追击的灰皮停了下来，大口地喘着气，一扇一扇的肚子完全摊开在了地上，望上去像一只半瘪的灰布口袋，两粒小眼睛既盯着他，抽空也向两侧紧急观望，像在寻找着它的救星。

潘二龙决不手软，复仇的最佳时机终于到了，他凭着手的感觉从裤兜里摸出一颗有棱有角的石子，包进弹弓对准它的尖头。灰皮又一次识破他的动机，摊开在地上的灰布口袋瞬间收成一束，迎着弹弓急速地左蹦右跳着。他被它弄得眼花缭乱，视线不清，脑子还有一点儿晕眩，关键时刻却又不敢闭眼，只能使劲睁大定一定神。正这时他看见那个蹦来跳去的灰影腾空一纵，身子落在了椅子上，又一纵落在了柜子上，再一纵又落在墙上那只悬挂的镜框上，全部过程比灌篮高手的三级跳要快十倍。那只镜框的透明玻璃里镶嵌着母亲的遗像，形容消瘦的母亲正目光坚定地向他看来，潘二龙全身僵住，他对灰皮下一步的行动想过无数，单单没有想到它会来这一招。

父亲在一声大吼中再次拿起墩布，布条朝下，木棒朝上，在空中一抖一抖地指着他。你这个孽子！你这个畜生！你娘什么东西都毁在了你的手里，你还要把你娘也毁了不成？赶紧把你那个东西给我放下！今天你要是再敢胡来，我先把你打死在这儿！老鼠再坏也比你好，它从来都没像你，把我气成这个样子！父亲手上举着棒子，嘴里骂着儿子，用缴枪不杀的口气威逼着他放下弹弓。但是这个时候的潘二龙，对虚张声势的父亲根本视而不见，听而不闻，明知道父亲的眼睛正怒视着他，他的眼睛却躲闪开去怒视着灰皮，没有一点儿缴枪的打算。不争气的只是他手里的弹弓，也像父亲手里的木棒那样在空中抖着，举了很久，也没能射出一颗子弹。

他听到了那根木棒落地的声音，身上没有任何感觉，却看见两手空空的父亲一个箭步跨了过去，准确地站在母亲的遗像前。父亲是一个高个子的男人，这一下不仅胸脯和脑袋挡住了母亲，头发脱落的头顶还把卧在镜框上的灰皮遮个正着，两者的前后距离不到半尺。灰皮的身子动了一下，如果它误会了眼前这件有点儿奇怪的事，要么它会飞速逃走，要么它也可以伸出双爪，从背后挖出前面这人的两只眼珠，再用牙齿咬进那个半秃的后脑勺里。但它只动了一下就安静下来，它算是明白了父亲的意思，双方就这么合作着，共同面对着这位手持弹弓的少年。在父亲的掩护下，它的两粒小眼睛闪烁着得意的光芒，肿大的肚子彻底松弛了，像一只半瘪的灰布口袋，难看地垂挂在母亲的额头上。

5

第二天是个周六，昨晚由于发生了这场战争，父子两个谁也没有吃饭，僵持到半夜时分，儿子突然哇的一声大哭，把手里的武器放了下来。他不是在父亲的怒骂中坚持不住了，其实他挨了棒子也可以站上三天三夜，只要能够打死灰皮，更长一些时间也没问题。是他又看见了父亲那只被瓷片划破的手，昨晚他没在母亲的药箱里找到创可贴，那只粗糙枯裂的血手无人包扎。幸好现在已到秋天的季节，气候不再像前些时那么炎热,伤口上面的鲜血已经自行风干,像油画家在粗布上涂抹的一道暗红色的颜料,天一亮那只油画般的手还得拿着剪刀、锤子和胶水去给人补鞋,挣钱为家里买米为他交学费。这个因为他而流血的修鞋匠昨晚气到极处,接连两次举起棒子,最后仍然没有落在他的身上。

他还看见了父亲眼里的泪,记忆中父亲还算是个坚强的男人,平时流泪的次数似乎不多,另一次是在母亲去世的那几个日子里。他的眼泪顿时也涌了出来,就在他泪眼模糊的这一瞬间,眼前那团灰影"嗖"的一声跳下了镜框,在父亲的身后从容地走着。不错,它是在走,既不跑也不蹿,散步一样走一走还停一停,看一看他接着又走。潘二龙心里后悔起来,如果自己坚持一会儿再放下弹弓,现在岂不正好能把它打中?但再一想它正是见他放下弹弓才跳下来的,不然它还趴在母亲的遗像上!这时他要想打死它,只能从两丈开外向它扑去,用手捉它,用牙咬它,用脚踏它,用一切肉搏的方式才能达到目的。可是当他心里刚这么一想,就被它从他的眼神中看了出来,它立刻把散步变成跑步,飞快地跑到一个阴暗角落,眨眼间就无影无踪了。这个料事如神的恶魔,在母亲的头上休息了这一阵子,早又恢复了以前的体力。

清早潘二龙起来的时候,比平时已晚了一个钟头,他听到父亲正在厨房里做着早餐,母亲去世以后,这些家务活儿全都归了父亲。他想为父亲分担一些力所能及的事，一眼又看见矮柜上那两堆青花瓷坛的碎片，心里疼着，低头去问父亲柜上的东西怎么收拾。父亲并没有急于表态，一定是在左思右想地想着，后来才大声地回答他说，早先还有用金刚钻修补瓷器的碗匠，如今你到哪儿找补碗匠去？还摆在柜上等那个胖子？你没听他是怎么说我们的来着？潘二龙听懂了父亲的意思，心里又疼了一次，就转身去拿清理废品的扫帚和簸箕，他的脚刚走到门边，就听得有人在外面敲门，一边敲一边问，请问潘二龙同学的家长在吗？

这是一个年轻温柔的女声，潘二龙听着突然一怔，有点儿像他们的班主任崔老师，开门一看果然就是。他满心疑惑，叫了声崔老师好，崔老师一眼瞥见他手里的扫地工具，淡淡地回答他了一句，哦，在家里表现很不错，很讲卫生，是一个很好的值日生嘛，在学校里也能这样就更好啦！潘二龙听她这么一说顿时反应过来，原来她来是为他昨天下午没去上学，担任值日生也没打扫教室的事。他的脸上发热，心口乱跳，想起昨天是一个特别重要的日子，校长和同年级的老师下午要到他们班上听课，崔老师提醒值日生要在听课以前再仔细打扫一遍教室，争取给他们留下一个好的印象，可是这么大的一件事情，因为追打灰皮竟然被他忘了个精光！

父亲做好早餐，正要吃了出门去建筑工地修鞋，听到家里进来了女客，以为是基建科长的岳母，或者居委会的调解大妈来谈昨天的事，要么就是鱼贩子的媳妇直接来要求赔偿那盆发财树，赶快擦着双手过去应对，却听儿子介绍说是他们的崔老师，脸上就露出更加紧张的表情。崔老师上前温柔地打了一个招呼，是潘二龙同学的爸爸吗？我是他的班主任，姓崔，请原谅我还在他妈妈去世以前来过您家，那次我只和他妈妈谈过他的情况，今天我还想和您再谈一谈。潘爸爸，您的儿子开学以来的表现有点异常，举例说，昨天周五是他的值日，正好校领导和同年级的老师来我们班听课，潘二龙同学专门选择这一天逃避劳动，以至于校长的座位下面有一张同学扔的口香糖纸也没有扫走，黑板上还有人写着"开玩笑"三个字，引起下面一片笑声，给整个班级造成了极其不好的影响！另外，班干部们反映他最近一段时间下了课就玩弹弓，有时上课也玩，学习成绩急剧下降。潘二龙同学，请你回避一下，我想和你的家长单独谈谈！

潘二龙无地自容地走了开去，心里为自己的行为羞愧不已，同时也更加憎恨灰皮，因为这一切都因这个该死的恶魔引起。他趁这时去抓紧打扫柜面和地上的瓷片，眼睛一点也不敢向他们看，耳朵却注意听着两人的谈话。听声音崔老师和父亲都坐了下来，崔老师的语气由温柔变得激动，父亲的呼吸也由平静变得粗重而又急促，双方都进入了极力克制的状态。谈话的内容听不太清楚，主要是崔老师谈，父亲基本上只是一个洗耳恭听的角色，在长达一节课的时间里父亲只插了一句话，从音节听大约只有七个字。崔老师停顿一下说了个"啊"，尾声拖得又粗又长，好像为这七个字感到万分震惊，他怀疑父亲的七个字是总结他"一门心思打老鼠"。接着父亲开始剧烈地咳嗽，谈话也就进入了尾声，崔老师突然回到最初的温柔，像上课点名一样亲切地叫他，潘二龙同学，你过来吧！

他就又走了过来，放下扫帚和簸箕，两手贴着两腿，低头站在崔老师的面前。崔老师用一双温柔的眼睛望着他，潘二龙同学，请抬起头来看着我这儿，我和你的家长谈完了，现在由你的家长再和你谈谈！父亲呼哧气喘，嘴里再接再厉地咳着，满脸被涨得红中带紫，颜色像被儿子弹弓打破的鱼贩子那棵栽着发财树的紫砂盆。潘二龙刚一想到弹弓，父亲恰好就憋住咳嗽，压着嗓子对他说了一声，把那东西给我交出来！他迟疑着交还是不交，父亲又重复了一声，交出来！潘二龙的身子从内到外都在发抖，心想便是在昨晚对抗得那么激烈，父亲也只是下令他把弹弓放下，并没有提出没收，这次是从崔老师谈话中认识到了事情的严重性，方才加大惩罚的力度，他知道在这种形势下不交出来是不行的了。

他从裤兜里慢慢掏出弹弓，把它交到父亲手里，一颗泪珠打在竹节形状的仿旧木杈上。父亲浑然不顾，接过去两把揪下上面的皮筋，又用力大无穷的双手狠劲一掰，木杈从正中劈为两半，劈开的那个部位颜色成了红的，那是父亲正在愈合的手上又震出血了。他看见父亲在做这些动作的时候，两腮一下子变为方形，证明口腔里的牙齿咬紧到了极点。今天你要发一个誓，向崔老师，向我，还有，向你的娘，发誓从此以后，不许再想打老鼠的事！

父亲把彻底摧毁的弹弓扔回他的脚边，然后站起身来，用那只血手把他抓住，拉到挂在墙上的那只镜框前，等着他面对母亲的遗像发出誓言。崔老师也站起身来，温柔地摇了摇手，誓就别发了，向妈妈鞠个躬吧，表示认错和今后的决心，潘二龙同学，你要学会理解家长，可怜天下父母心，你的母亲不在了，但你还有一个多么好的父亲。我们下周一见，记着提前一些到校，补上你周五应该做的值日，好吗？潘爸爸，我走了，谢谢您的合作，谢谢。

潘二龙在向母亲鞠躬时，心里仍然发了一个誓，但不是不再想着打老鼠，而是想着一定要把那只老鼠打死！这话父亲和崔老师都是听不到的，他只想让镜框里的母亲听到。父子两个送走了崔老师，回头抓紧吃着早餐，稀粥和窝头已经凉了，由于昨天少吃一顿晚饭，父亲这一顿吃得异乎寻常的快，而且也多，可能是想着毁掉了儿子的弹弓，又见他在母亲的遗像前鞠躬认错，觉得崔老师的到来解决了一个很重要的问题，可以说

57

是治好了自己的心病，打碎两只青花瓷坛虽然损失不小，相比之下从此消灭家里的隐患却是大大的好事，儿子以后能够转移精力，一心上进，还有什么东西比人的前程更值钱呢？这么一想心中的疙瘩消了，肚子容量就大，吃起饭来忘乎所以，潘二龙看着父亲像这么吃下去，能把两人的早餐一人扫光，就故意地少吃一点，用对自己的处分弥补受了委屈的父亲。

父亲真的都吃光了，擦一擦嘴，起身想要收拾桌上的碗盘，又被他眼尖手快地抢了过来，还催着父亲快走，说是今天已经不早了，再晚错过了高峰期门口的车会更少。潘二龙分明是向父亲讨好卖乖，被崔老师找上门来教育一番，他好像脑子突然开窍，一顿早餐的工夫就长大了。父亲半信半疑地看他一眼，宁可凡事往好处想，真把洗碗擦桌的事都扔给他，说是自己中午不回来了，让他一人在家还是泡碗方便面吃。

这真是潘二龙求之不得的事，他想象着昨夜大获全胜的灰皮，今早一定又躲在一个阴暗的洞口，继续观看着他的一败涂地，亲眼见到他最能打击它们的武器已被销毁，更会放心大胆地出来活动了。说不定它还会带着所有的小鼠倾巢而出，庆祝这个让他缴枪投降的欢乐节日。他希望它得意忘形，麻痹大意，给他留下可钻的空子，最后死在一件谁也想不到的器物上，而这件器物目前就掌握在他的手中。他从地上捡起被父亲揪下的橡皮筋，试验着如何能够不要木杈，却仍然具有强大的杀伤力，禁不住全身又燥热起来。

灰皮果然又出现了，身后果然还跟着一群小鼠，虽说这不会是它的全部人马，但至少也是一支精锐的队伍。它们迎着他的目光沿墙而来，一个个的小眼睛里闪着大无畏的光芒，尤其灰皮的那两只眼中充满了挑战和嘲笑。一夜之间，它肿大的肚皮好像又加剧了，几乎每走一步都要擦着地面。他猜想这是否因为它昨天持续而剧烈的运动而造成的，就好比人的生活方式不当引起的胃下垂，毕竟它也是一只上了年纪的老鼠。屋里其实已没有多少可吃的东西，一盒月饼连内包装都被它们吃了，今天的早餐被他们父子吃得颗粒不剩，连碗都洗得能照见人，这只灰皮还率领它的部队出来，分明不像是为了要吃，而是向他示威游行，证明它们这个种族的不可战胜。

但也不见得就是这样，它会想着一户正常的人家，怎么可能没有一点食物，无非是被主人藏起来了。根据过去的经验，一闻着气味它就能顺藤摸瓜地找到出处，咬破装有食物的袋子、柜子和其他的木制家具，把藏在里面的食物吃到嘴里，矮柜里的那盒月饼就是最新的例证。即便装进比木头更加坚固的器具，它也能够想出办法，在这家女主人还没消失的时候，有一次它用牙齿和爪子把一口挂着铁锅的钉子从墙上摇松，让那口铁锅半夜里莫名其妙地掉下来，咣的一响，砸破了正下方装米的罐子。听到响声它带着一群小鼠迅速出动，等主人夫妇惊慌地赶到现场，抛撒在地上的大米已少了很多。男主人对这奇怪的现象百思不得其解，只有女主人对它坚信不疑，是它干的！没错，除了它没有别个！

潘二龙的手边没有任何东西可以作为武器，那根拖地的墩布根本不适合打老鼠，大头朝前木棒会竖起来，小头朝前又飞不了多远，扫帚太轻不能伤及它们的皮毛，苍蝇拍就更不用说了。菜刀和锅铲一类的铁器统统都放在厨房里，等他前脚奔到那儿去取，后脚这支队伍必然早已解散。还有一个办法是脱下自己的一只皮鞋向它们砸去，准头好的话或许能够砸中一到两只，但有灰皮这样的高手从事指挥，还不等他抬腿它就会发出撤离的信号，皮鞋砸出去第一是砸坏了墙，第二是本身也得砸坏，晚上被回家的修鞋匠父亲认出来，等着他的下场绝不是为他修鞋。

他做出一副无可奈何的样子，用和平相处的眼光把它固定在原地，以桌面为掩体，两手偷偷地伸向背后。此时他一见到灰皮，别说昨天晚上发生的事，就连今早半个钟头以前，崔老师的教导和父亲的训斥一股脑儿全都被他忘了个干净，刚才他发明了一样新的技术，让左手的拇指和食指代替弹弓的木杈，把包了一小块羊皮的橡皮筋分别套在两个指拇蛋上，偷偷地又放回身子前面，一手去取昨晚没有射出的子弹，计划在灰皮完全放松警惕的时候以最快的速度发出射击。但是，尽管他这一切做得神出鬼没，灰皮的小眼睛还是从桌面的光影上觉察到了，只听它轻轻一声招呼，随着那一群灰影的四散而去，它的肿大的身子也离开原地，几乎在同一时间完成了三级跳，又到达昨晚那个最安全的地方，像一只灰布口袋垂挂在母亲的遗像上。

潘二龙的双手举起来又放下去，放下去又举起来，最后他还是乖乖地放下去了。他发明的这项新技术只想在万般无奈时不得已而为之，比正常的打法更没把握，也从来没有做过一次试验。如果说昨晚不是父亲的拦挡，他用花十元钱买来的弹弓射击灰皮，都有可能擦破镜框的边缘，更严重些还有可能打破镜框的玻璃，那么现在，他用自己两根指头做的弹弓向它射击，这两种可能性就更大了。父亲之所以怕得要死，灰皮之所以全然不怕，也正是看到了他的这种巨大的风险。灰皮想的甚至更加阴毒，让他打中了自己的母亲，仍然打不中它，它脱身的速度会比子弹还快。

它把这只相框当成屁股下的一样坐具，身子一会儿竖起来，一会儿趴下去，尖脑袋向前伸一下，像是对他点头，接着又缩回原处，用三只爪子抓紧相框，腾出一只爪子向前搭一下，像是对他招手，接着又缩回原处。过一阵子换上另一只爪子，再做一遍这样的动作，小眼睛里始终是一种脸上表现不出的嘲笑。潘二龙被它的反复挑战彻底激怒了，他让自己横下心来什么都不要想，冒着天大的危险也要打死眼前的这个恶魔。但当他手中的子弹真正射出去后，他才知道又上了灰皮的当，随即就听到一个可怕的声音，这一声比青花瓷坛的破碎还要干脆和响亮，镜框上的玻璃随声变成了各种几何形的图案，有的摇摇晃晃地悬在空中，有的坠在地上成为更碎的碎片。那颗射出的石子穿过玻璃以后又击破母亲的额头，露出镜框后的一小块红色背板，看上去就像母亲额上流出的鲜血。再看灰皮，不知何时时它已经坐在了他的对面，两只小眼睛愉快地望着他，等着他接下来还要做的事。

潘二龙接下来还要做的事是像个疯子一样，张开两手满屋打转，他梦想捡到一支比弹弓强一百倍的手枪，或者一颗炸弹更好，把灰皮打死炸烂，用脚踢到母亲的遗像前，自己就跪在被打碎的玻璃上向母亲请罪。可惜他在屋里找不着这样的新型武器，他只能搬起一把笨重的椅子，朝着灰皮砸了过去。椅子砸在灰皮刚刚还趴着的地方，四条椅腿立刻断了两条，另一条也砸脱了榫，椅子下面仍没见到灰皮的一根毫毛。经历了昨天下午的一场大战，灰皮还想把战场转移到院子里，因为大门关着，它选中了敞开的窗口，像一支灰色的暗器一闪即出。潘二龙可没有这样的本事，他只能一手抓起一条打断的椅腿，一手打开大门，灰皮回头看他一眼，顺着昨天下午的路线又在前面引导着他，不过这次它打乱了昨天的顺序，在进入那条平行四边形的跑道之前，先把他引到邻居鱼贩子的那棵树边，向上一跃站在了盆沿上，身子又半隐在树的后面。

树还是那棵发财树，只是折断的青枝又接上了，贴着伤口的部位糊了一层泥巴，树皮外缠着一圈白色的纱布，像是被人拦腰砍了一刀的伤兵，头上的叶子明显往下耷拉着。昨天那只打破的紫砂盆现在换成了一只完好的白瓷盆，白底上面画着青花，颜色和图案竟和他家那对变成碎片的青花瓷坛有几分相似。潘二龙知道它不会像母亲的陪嫁一样，出自清朝乾隆年间的官窑，但他还是心有余悸，刚想把手里的椅腿当作飞刀，对准灰皮的那颗尖头横着砍去，这时他不得不放弃这种打法，决定走到灰皮的身边再下手，宁可把它从树下赶走，也不能再伤了已经受伤的树和新的盆子。他偷看了几眼院里那三户人家的门窗，基建科长岳父家里开着窗户，居委会调解大妈家里敞着门，而鱼贩子家的门窗都闭得铁紧，估计那小两口儿又到集市卖鱼去了，但愿他们此时不要回来。

灰皮再一次看出了他的忧心忡忡，顾虑重重，就在这棵伤兵一样的发财树下蹦着跳着，围着树干打转，和他展开着灵活的游击战，直到他手中挥舞的椅腿差点儿碰着了它的尾巴，它才以防万一地纵身落地，转入那条平行四边形的跑道。在院子中心的这块空地上，潘二龙昨天用弹弓打落的一层枣子、枣叶和枣枝，已被居委会调解大妈连夜打扫干净，无论是他还是灰皮，现在跑起来都一马平川，脚下没有任何障碍。但他仍然提防着灰皮第三次杀他的回马枪，因此他既要赶上灰皮，又要控制惯性随时刹住自己的脚步，这个分寸实在不好掌握得很。他把这个老贼恨入了骨髓，心想它若是真的回马杀来，他就将计就计，算准时间，趁机一个后墩坐在地上，用自己的屁股也要把它碾死，哪怕它在垂死挣扎的时候用爪子和牙齿抓破咬烂他的裤裆，再把装在里面的东西咬掉也决不放松。

潘二龙感觉到今天的情况会有不同，灰皮跑到第五圈了还没回头，很难说是不是已经看出他的心机。好像也没有蹿上枣树的打算，要蹿它趁着体力充沛早就蹿上去了，看它奔跑的速度越来越慢，动作越来越笨，有一次在转弯时大肚皮被石板台阶的边缘蹭了一下，害它一个踉跄歪到路边，险乎儿像失控的赛车手那样翻倒在地，他猜它第一是昨天上树累了，第二是肚子太大，偶尔向他展示一次已付出很大的代价，没有必要也没有能力再展示第二次了。但是就在这个时候，只见它的身子一个急转，他正做好迎面扑来的准备，一团灰影却向着他的侧面飞了过去，接着奋起一纵，蹿进了基建科长岳父家的窗户，屋里立刻发出一声笛子样的尖叫。

这是中秋节后的第一个双休日，炎热的天气刚刚过去，凉爽的日子已经来临，除了乍暖还寒的短暂春天，秋天是一年中最适合人类生存的季节。区政府基建科长的岳父家停了空调，开了窗户，老两口儿穿着裤衩和背心坐在家里看着电视，电视里正在播放他们最喜欢的动物世界，这时就听得窗口那里响了一声，扭头一看，钢丝做的窗纱破了碗大一个圆洞，一块像似石头的物件飞进屋里，落在地上嗖嗖嗖嗖飙出一丈开外。当他们认出这是一只巨大的老鼠时，它已经坐在他们家的电视机上了。

基建科长岳父家的电视机比潘二龙家的要大得多，却比镶嵌着母亲遗像的镜框还薄，灰皮的四只爪子抓在机顶上面，身子摇晃了几下，那个肿大的肚子就和黑板擦一样在电视的显示屏上擦来擦去，像要擦去天空上的一只苍鹰。自从基建科长女婿派人给他们的墙脚灌铸钻石牌水泥之后，他们家已有很多年没有进来过这个东西，现在这个东西不仅进来了，而且还进来这大一只，大得简直是一只猫，撞破了他们家的钢丝窗纱，耀武扬威地坐在他们家的大电视上，和一个坐在主席台上的大领导差不多。基建科长的岳母一边拍着胸口，一手指着它大叫大嚷，快！快把它赶走！它要是在上面拉屎撒尿，电视短路会发生爆炸的呀！又扭过脸去对着窗外高喊，谁？是谁把它撵进来了？

她的老伴儿找到一把鸡毛掸子，握在手中像一个如临大敌的老网球手，弓着身子摆出一副进攻的姿势。但是只走一步就停止了，害怕继续前进会被灰皮抓破了脸，抓瞎了眼睛，就把鸡毛掸子当作球拍在空中上下挥打，只图把它吓走完事。基建科长的岳母听着自己的喊叫没人响应，打开房门想亲自出来追究是谁人所为，忽然又退回去，背心上加了一件短袖衬衫再正式出来。她一眼就看见了傻站在院子里的潘二龙，笛子一样对他叫道，这孩子！又是你！昨天那鱼老板家的人不说了吗，谁爱打谁就在自己家里打，撵到别人家来干什么呀！不行，我得打电话让你爹回来！

基建科长的岳母嘴里叫着，两脚就向电话机前走去，一手提前练习着按电话键。挥打鸡毛掸子的老伴儿又急又累，歇下手来提出了自己不同的意见，说让他爹回来没用，他爹管不了他，还不如让他从小就怕的哥哥回来！基建科长的岳父故意亮开嗓门，让外面的潘二龙听到，他哥不是想到我们女婿的基建科来工作吗，一个连亲兄弟都管不了的人，怎么还管得了基建？

潘二龙手持一根椅子的断腿，好汉做事好汉当地冲到门口，听了他们的话，想了想把手里的椅腿扔在地上，说叔叔阿姨，我求你们别给我爹说，更别给我哥说，我不在你们家里打它，我把它捉回我家去打好吗？今天我发誓一定要把它捉住！基建科长的岳母口中发出一个最高的音来，你这孩子越来越不靠谱了，谁请你来捉它？你还能捉住它？能捉也不让你来捉，别把我家的东西给打了！说时迟那时快，基建科长的岳父闻声伸出双掌，一下将他推下门前的台阶，走走走！你给我走！要捉也让你哥来捉！哐的一声关上房门，走到窗边，从钢丝窗纱的破洞里对他有力地挥着手，走！

灰皮在基建科长岳父家的大电视上摇晃了几下，现在已经站稳了脚跟，保持住了身体的平衡，可以全心全意地透过窗纱破洞往外看了，看着它的死敌被这家主人拒绝进门之后焦急而又尴尬的样子，花椒籽大的黑眼睛里又充满了得意和嘲笑。潘二龙走到窗户外面，也从那个破洞里看见了它，双方四目相对，灰皮这次史无前例地闭了一会儿小眼，意思是告诉他，它就是在这儿睡上一觉，也没人能把它怎么样！他的怒火从心口燃烧到了喉咙，站在窗外咬牙切齿，捶胸顿足，做着最恶毒和最残忍的动作。这一切又被基建科长的岳父岳母看在眼里，他们像男女二重唱到了最高潮的部分，一人一声地吼道，你还想干什么？你还想干什么？接着两人又合唱了一声，你到底还想干什么？！

他从窗纱的破洞里看见，灰皮变成了一个杂技演员，用两只后爪抓住电视机的顶部，腾出两只前爪一下一下地拍打着。它们先是互相拍打，好像热烈鼓掌，欢迎他的光临，或者赞成二位主人不欢迎他，把他赶出门外。接着又轮番拍打自己肿大的肚皮，好像敲击一面威风的战鼓。潘二龙的双手在基建科长岳父岳母的吼声中垂了下来，他看见灰皮屁股下面那个宽大的显示屏上，这时出现了一群灰色的小老鼠，叽叽溜溜地叫着，仿佛是从它的肚皮里面拍出来的。

6

潘大龙是中秋节后第一次回老院子，这次没带妻儿，独自一人从区政府来，路上已想好见到基建科长岳父岳母的第一个表现，是像江湖好汉那样拱一下双拳，说声实在对不起，接到你们电话时我正在京西月饼店的门前抓一个骗子，来得晚了，我代表我家不懂事的老二向你们低头认罪，说完再深深地鞠上一躬，目的是用这种略带夸张的方式消除他们的恼怒。但是一脚踏进院子大门，发现在和不懂事的老二说话的人，不是那一对倚仗女婿权势的主儿，而是街道居委会的调解大妈。

调解大妈正在为潘二龙和老鼠调解着，上次我是不是对你说过，你不犯我，我不犯你，怎么你又跟它们干起来啦？你跟它们过不去不就是跟你自己过不去吗？潘二龙委屈地回答，可它犯了我呀，它跑到我家来，把我们中秋节都没吃的月饼全吃光了！调解大妈又调解着，你家它们就不能去啦？一万年前说不定还是它们家呢？你把月饼放在它们家它们就不能尝点儿？大伯对你说的话你都忘了，你来，你跟我来，看看我们这个院子的门牌号，看看上面写的是不是老鼠胡同！边说边就去拉潘二龙的手。潘大龙觉得调解大妈的这个观点很不靠谱，完全是一种只图省事的懒汉调解,实在没有半点原则可言,却又不想帮潘二龙说话,就先把他们的辩论撂在一边,直奔基建科长的岳父岳母家。

潘大龙推门进去,见到的又是一个意料之外,邻居鱼贩子一只胳膊伸得像一根钓鱼竿,竿梢上挂着一条鱼,对着趴在电视机上的那只特大老鼠,身子一寸一寸地往门口后退着。潘大龙一个躲闪没来得及,只听得咚地一响,两人的前胸后背撞在一起,那条鱼从渔竿上掉了下来,躺在地上一点动静也没有,原来是条死鱼。鱼贩子扭脸一看是潘老大,说声你到底回来啦,天底下也没有你们兄弟两个这样的人,一个把老鼠赶到别人家里,差点儿吓死别人了,一个接到别人电话半天不回来,好不容易回来了也不快给想个办法,还尽帮倒忙!你自己看吧,我马上就要把它引出门了,你这一来它又跑了不是?

鱼贩子气愤愤地拍打着拎过鱼的湿手,手上的脏水溅在了潘大龙的脸上,潘大龙顾不得擦,眼睛又朝着电视机看去,电视机的显示屏上有一群动物站在河边饮水,趴在机顶的那只大老鼠却真的跑得不见影了。基建科长的岳母顿时又发出笛子一样的叫声,哎呀,它跑到哪儿去啦?肯定还躲在我们家里,这会儿不出来,夜里肯定要出来的,到那时出来了怎么办?我家老头子每天晚上都要起夜,一下子撞上它还不真给吓死了哇!基建科长的岳父本来是坚决不许潘二龙进屋来的,现在的态度随着情况的变化而变化了，大开房门，嘴里像箫一样地配合着老伴儿，让他进来！是谁把它撺进来的，谁就负责把它撺出去！

眼前的局面和路上的想象有了出入，潘大龙准备好的一套动作和台词就不好再用了，二话不说，一手替鱼贩子捡起地上的死鱼，一手去拿墩布擦掉从死鱼身上流下的脏水，计划擦干净了以后才解释为何晚来的原因，由于双手拿着死鱼和墩布，拱手和鞠躬都不大方便，就连着说了三声"实在对不起"。基建科长的岳父岳母并没有因此而息怒的意思，反而正好把怒火转向这个送上门来的替身，基建科长的岳父气得一句三喘，老大我给你，说句话你别不，爱听啊，一个连自己兄弟都管不好的人，到我女婿那儿去管，基建管得好吗？基建科长的岳母索性把话说白了，就是我们女婿答应接受你，我们也要劝他再好好考虑一下！

窗户外面的潘二龙听到基建科长岳父的召唤，就好像等候在战壕里的伏兵，立刻扔下还在谆谆教导着他的调解大妈，飞步赶到门口，推门闯了进去。但他四处张望也没见到灰皮的影子，见到的却是多日没回的哥哥，这可比见到父亲更加可怕，心里不觉一抖。潘大龙得知基建科长的岳父岳母因为这个，要在女婿那儿坏自己的好事，又急又慌，一股恶气都涌向罪魁祸首潘二龙，连同中秋节那天存下的旧恨也一道从心头泛起，丢下手里的墩布，奋起一个耳光扇在他的脸上。嘴里还专门骂给两位重要人物听着，你这个无事生非的害人精，谁让你把老鼠赶到叔叔阿姨家来的？你这真叫作狗逮耗子，多管闲事！

潘二龙被这一耳光给扇懵了，缓过神来以后，想对哥哥申辩自己不是害人精，那只灰皮才是害人精呢，他更不是多管闲事，家里有了耗子猫不来逮，狗逮难道还不该吗？何况他也不是狗，他是家里一个受害的人，这些年来和母亲一样受害不浅，才发誓要打死这只耗子，这样做到底有什么罪过？但他话还没有出口，潘大龙又是一个耳光给他扇了回去，我告诉你，你除了对不起叔叔阿姨，你还对不起我们全家，你一直让我娘把家里的钱大把大把地送给那个卖老鼠药的骗子！你真以为京西月饼店门前的那个人没有腿吗？我告诉你，他是一个有腿的人！为了骗钱，让人可怜，他把他的腿折起来藏在他的裤筒里！刚才我们已经把他抓起来扭送到派出所了，以后你再也买不到他的老鼠药，再也买不到他的弹弓啦！

后面这句话让潘二龙张开的嘴合不上了，一时间他忘了眼前的事，思想由灰皮转移到了那个穿一身绿色衣服的无腿人身上。他相信了哥哥的话是真的，奇怪的是他不仅不恨那人，反倒恨起了抓走那人的哥哥，在心里和他们辩论着，人家不把腿弄成那样，能让人家在月饼店门前摆摊儿吗？凭什么说人家是骗子？人家卖的老鼠药没有药死老鼠，那是因为灰皮太狡猾不肯上当！人家卖的弹弓没有射死老鼠，那也是因为灰皮太狡猾打不了它！他的嘴终于动了起来，哥，你们不应该抓人家，你们把人家放了吧，人家一没有偷，二没有抢，那样做也不能算骗，就算是他的腿没有断，我娘和我不也会买他的东西吗？

潘大龙把基建科长的岳父岳母各看一眼，一个巴掌又对他抡了起来，悬在空中忽闪忽闪着，你少跟我来这一套！抓不抓放不放不关你的事！你的事是马上给叔叔阿姨找到那只大老鼠，把它赶出去！听到没有？赶出去！潘二龙觉得自己挨了两耳光后有点异常，哥哥说这话时表情很凶，口型很大，但声音却很小，他试着侧了一下身子，那个"去"字的尾音立刻响亮起来。潘二龙知道大事不好，他的耳朵为了避免老鼠的骚扰，曾经用棉花塞出水来，本来听觉就有点不好，现在左边的一只耳朵挨了哥哥右手的两个耳光，简直一点也听不到了！这人手掌心里有一道粗深的横线，据说那叫断巴掌，打起人来不同凡响，当时巴掌落在脸上他就感到情况不对。这一次哥哥抡起的是一只左手，他害怕自己的右耳也被扇聋，就赶快闭嘴不再出声。奇怪的是他的心里却又有些高兴，因为他原本就是要来打灰皮的，之所以还站在门外，那是基建科长的岳父岳母不许他进去，此时得到对方的批准，他终于可以拿着包了石子的弹弓，公开去寻找他们母子二人的仇敌了。

那只神出鬼没的灰皮真有它的，潘大龙一来它就隐身不见,潘二龙一来它却立刻现身,好像要继续逗他玩儿,在一个墙角处轻轻叫了一声,"嗖"的一下射回那台大电视机上,两只花椒籽大的黑眼睛在这对房主和他之间转来转去。潘二龙想到被他打碎的青花瓷坛,还有镶着母亲遗像的镜框,手里的弹弓又一次僵在空中。果不其然,他的右耳又听基建科长的岳母用笛声高叫着,你听好了,我是叫你赶它,我可没有叫你打它!我家这台电视机是我们女婿从国外买回来的!基建科长的岳父紧随老伴儿,及时地又补充了一句,美元兑换成人民币,是三万六千多元!

鱼贩子也不失时机地配合着,这可不是我的那盆发财树哦,要能打我早就打了,我还喂它什么鱼吃,还哄它出来干什么!潘二龙听出了他们这些话的分量,就只能决定和灰皮进行一场肉搏战了,他当着众人的面把没有木权的皮筋揣进裤兜,双手张开到最大的宽度,迎面朝着灰皮走了过去,准备着它不管朝电视机的左右哪个方向逃窜,只要还在两尺以内,他向前一扑都能把它扑到怀里。到那时他要用手捉它,用拳打它,用牙咬它,用脚踏它,只要能够把它消灭,他将不惜一切手段!

灰皮看着他一步一步地向自己走来,灰布口袋一样肿大的身子略微动了一下,然后就稳如泰山了,只是用眼睛密切注视着他的眼睛,还有他的双手。它觉得这样做可以稳定他的情绪,鼓励着他继续前进,直到他向它扑来的最后时刻。潘二龙正是按照它的设想走过去的，他也用眼睛密切注视着它的眼睛，还有它的四爪，希望在他双手可以够到它左右两尺的时候，它还安卧在这台电视机上。它居然也按照他的希望安卧着，眼看着他张开的双手已经完全能够堵住它的去路，也仍然没有撤走的打算。

潘二龙猜不透它又在搞什么名堂，想起它刚才在院子里亡命地奔跑，那个肿大的肚子被石板台阶撞了一下，他怀疑那一下是否伤着了它的筋骨或者内脏，当时它强忍着，这下伤痛发作实在忍不住了。他的心中一阵狂喜，向前又走一步，接着突然朝它扑去。但是就在这一刹那，灰皮避开他横着包抄的双手，身子竖着一纵，又一次向着他的头顶飞来，在空中划过一道灰色的弧线。潘二龙的双手扑了个空，整个身子没有掌控住重心，全部压倒在那个大电视机上，只听得"咔啪"一声，连接机身的支柱被他给压断了，显示屏仰倒在他的胸脯下面，奔跑跳跃的动物们不知道已出了事，还在显示屏上显示着自己。基建科长的岳父刚要发出惊叫，身边的老伴儿抢先叫出声来，她这次的尖叫声比笛子的最高音还高一度，并且还吓得跳起了脚，因为从空中飞来的灰皮正好落在他们的四条光腿之间。

灰皮误以为这个又叫又跳的老女人是想招呼来人把它踩死，就顺势蹿上她穿着拖鞋的脚背，对准她没穿袜子的脚颈，狠抓几爪的同时还咬了一口。基建科长的岳父听到她凄厉的尖叫声，想用手去抓住它又害怕它咬了自己的手，把手缩回来改用脚去踏，却也怕踏伤了自己的老伴儿，最后把脚也缩了回来。两人正不知如何是好，鱼贩子紧急中想起扔在地上的墩布，捡起来朝着基建科长岳母的脚背一下戳去，灰皮再一次灵活地跳了开去，看也不看鱼贩子一眼，而是回过头去望着趴倒在电视机上的潘二龙，又一纵身，从被它撞破一个圆洞的钢丝窗纱中蹿了出去。窗纱立刻又多出一个圆洞，看上去像是两只睁大的眼睛。

鱼贩子的墩布正戳在基建科长岳母那只被抓咬破皮的脚上，她的惨叫声惊天动地，居委会调解大妈一马当先，推门而入，后面紧跟着对她工作给予协助的调解大爹，再后面还跟着鱼贩子的媳妇。出于关心的重点不同，三人的眼里分别出现的是三幅画面，鱼贩子的媳妇首先看见她的男人蹲在地上，双手捧着基建科长岳母的脚，像捧着一条摔破的鲫鱼，一把拖地的墩布横倒在脚边，上面有一根白布条被鲜血染红了。她也像她的男人一样蹲下，把那条血淋淋的鲫鱼搂进自己怀里，用手在上面轻轻地抚摸着，甚至还低下头去，试着做了一个用嘴吸吮的动作。调解大爹看见潘二龙全身趴在电视机上，担心又宽又薄的显示屏被他压破，划伤了他的身子，或者让他触电身亡，弯腰捡起鱼贩子扔下的墩布，想用木棒这头去拨他一下。调解大妈却看见潘大龙站在屋子中间,两手悬空看不出想干什么,急得吼了一声,还不去看看你家老二怎么了!

潘大龙被这一声吼醒了,但没按照调解大妈说的去看老二,而是奔向基建科长的岳母。基建科长的岳母忍着剜心的疼痛,用笛子的尖声叫着,我不要他来看我!哎哟!让他给我走开!哎哟!让他们兄弟两个都给我走开!哎哟!从今往后不许他们踏进我的家门!潘大龙又被这一声吼懵了,重新像个傻子一样站着,心里想着他们的女婿,知道自己调到基建科的事这下子是彻底没戏了。潘二龙的身子还趴倒在仰面朝天的电视显示屏上,刚才他的身子动了一下,屏幕上正在游动的羊群和骏马瞬间消失,蓝天白云和绿色的草原也变成了一片漆黑。基建科长的岳母尖叫声弱了一些,那是鱼贩子用一种土办法给她止住了血,她老伴儿的注意力顿时转移到女婿从国外买回来的那台价值三万六千多元人民币的电视机上,嗓子一颤一颤地说,完了,完了,完了,完了。

潘二龙从黑灯瞎火的电视机上撑了起来,他的双手有一只在滴着血,是被机身上断裂的茬口划破了掌心。可他并没注意到自己的手,只是从自己手下按倒的这个庞然大物上知道,他又一次中了灰皮的奸计,闯下新的大祸,本来打破母亲的遗像已经铸成不可饶恕的错误,这下更是错上加错。他预想着父亲回来看到自己家里的情况,又看到邻居家里的情况以后,连气带恨将会是一个什么样子,又将如何对他进行惩罚,见他接二连三地惹事犯科,这一次不动真格的恐怕不可能了。

他转过身子,想去和基建科长的岳父岳母说一句请求他们原谅的话,却想不出这句话该怎么说,他看见最先让他走,后来又让他进来的基建科长的岳父对他恶狠狠地挥着手,出去!你给我出去!你给我滚出去!潘二龙咬牙让自己忍受着,再大的吼声也要忍受,他准备做一个勇于承认错误的孩子,坚持对他们说完了那句话再滚,这样他的心里会好过些。但这时又一个重重的耳光扇在了他的脸上,这是潘大龙扇他的第三个耳光,恰好是他最害怕的左手扇在他的右耳,他感觉这一下比前两次更加有力,顿时任何声音他都听不到了。不过他的眼睛还是好的,他看见潘大龙扇他第三耳光之后扭过脸去,嘴唇对着基建科长的岳父和岳母动了好一阵子,脸上的表情有些像母亲刚死的那个晚上。基建科长的岳母全心全意地看着自己的脚,对潘大龙的这些表现理都不理,只有基建科长的岳父斜了潘大龙一眼,然后也像对他那样挥了挥手。

潘大龙看到这个动作,再次动着嘴唇向那二老低头鞠躬,然后突然转身,用手揪着潘二龙已经聋了的耳朵快速走了出去。潘二龙脚步踉跄地跟在哥哥身后,走向他们自己的家,他们家的房门大开,屋当中扔着一只修鞋的木箱,箱子盖上坐着一个头顶半秃的傻子,两只眼睛瞪着对面那堵墙上发呆。那堵墙上挂着镶有母亲遗像的玻璃镜框，镜框里破碎的玻璃一半掉在地上，一半悬在空中，形状像几把锋利的刀剑。被灰皮成年累月折磨得满脸憔悴的母亲，额顶上的那个破洞仿佛又大了一点，背板上艳红的颜色也露出更多，里面的鲜血就要漫到脸上来了。潘二龙见到这个，心里再次像被割破和打碎一样的疼痛着，其次他才想到了害怕。他在地上站稳桩子，做好准备，等候坐在修鞋箱上的那个成了傻子的父亲一头站起，从鞋箱里拿出一件什么工具向他走来。

想不到他把家里也打成了这样！爹，你还没看到邻居家里，三万多的大电视都被他打了！这一下基建科长的老丈人家可被我们彻底得罪啦！潘大龙还不知道自己家里遭到的破坏，就像父亲还不知道邻居家里遭到的破坏一样，但在这个工商所管理员的心里，最不该遭到破坏的还是和基建科长岳父岳母的关系。傻子样的父亲听到这话果然身子动了，接着从箱盖上站起来，一步一步地走到小儿子的面前，不过手里并没有拿任何工具，只是举起一根食指，一抖一抖地指着他的眼睛，你，连你娘都敢打，下一个就该临到我了！你走吧，我家容不下你，你走！

潘二龙一点也听不到父亲的话，父亲见他纹丝不动地站在原处，眼睛眨都不眨一下，认为他是在成心挑战，就扩大音量把这话重说了一遍，又加了一句"你想气死我呀"，同时还用力地跺了个脚。潘二龙仍然不动,好像眼前没有这个父亲,父亲终于发出一声咆哮,用拳头把他往门外擂着,还抬起腿来对他猛踢一脚。潘二龙在父亲的拳打脚踢下踉跄着身子,可他很快又站稳了,父亲怒火万丈,浑身发抖,决定采取最后的行动,把眼睛转向了那把打断了两条腿的椅子。

只有潘大龙一人明白问题出在哪儿,伸出手来一只挡住父亲,一只像对聋哑人一样,对耳朵已经失灵的潘二龙比画着,意思是让他赶快离开家里,不然父亲真的要被他活活气死!潘大龙常年和工商所的市场管理员们一起在街道上驱逐无证的摊贩,没收他们的货物,还罚他们的钱款,使用起肢体语言来得心应手,相当准确。尤其比画到最后一句,他配备的眼睛一翻嘴巴一张身子往后一仰的动作,使潘二龙相信了这话绝不是吓唬他的。

但是潘二龙还是不想离开家里,他不知道离开家里他去哪儿,以后还回不回来,如果还回来的话事情还得从现在开始,而不回来就是永远地离开家了。他的身子打了一个哆嗦,他今年才十五岁,还在上中学,上完中学还想再上大学,母亲已经不在了,父亲和哥哥是他仅有的两个亲人。在他心里,比他大十岁的哥哥从来就不是他的哥哥,而且早就和嫂子侄儿一起另过,他们一家三口才是亲人呢,那么他的一切都得靠父亲了,离开家就是离开父亲,没有父亲的日子会是一个什么样子?

79

怒气未消的父亲不知道儿子已经是个聋子，也不知道他的心里正在这样想着，见他对父兄二人的驱逐都无动于衷，怒上加怒，这次真去搬那把断腿的椅子了。因为步子走得太急，奔过去时脚下被一片碎玻璃滑了一下，身子就向后摔倒在了地上。这时的父亲已经愤怒到了顶点，双手在地上胡乱摸着能够代替椅子的家伙，摸到的却是另几片碎玻璃，上次被瓷片划破的那只手又一次被划破了，鲜血从掌心流淌下来，把地上透明的玻璃碴染成了红色。父亲强撑着爬起身子，不再去打椅子的主意，却用一双血手打开了那只修鞋的木箱，在里面寻找着更加有力的工具。

潘二龙在那件工具没掏出来之前，终于向哥哥发出了哀求，这是他第一次哀求这个从来都不像哥哥的人，哥，求你劝爹饶了我吧，别赶我走！潘大龙见他成了这个样子，这可是他自小到大都没有过的事，心里到底有点软了，那你就给我作一个保证，以后还跟老鼠干不？问罢这句话才想起他是什么话也听不到的，就改用手势比划着老鼠的长度，往下一抡做了一个打的动作，又左右一摇做了一个不的动作，做完等待他的回答。潘二龙听不到却看懂了，他低下头去想着，接着抬起头来，哭一样地回答，不让我干什么我都能做到，可是不让我打死灰皮，这个我做不到啊……

父亲手持一把钉鞋的小铁锤奔了过来，一路从锤把上滴着鲜血，这次潘大龙闪开身子，一点儿也不阻拦，还伸手把挡路的断腿椅子往边上挪开，让这个疯狂的修鞋匠一往无前，畅通无阻。潘二龙大喊了一声"爹"，发现被喊的爹还是继续往前奔着，就转过身去飞快地跑向院子大门。他用双手抱紧了头，害怕那把不长眼睛的锤子从背后飞来砸中了他要命的地方。在他快要跨出院门的时候，他瞥见居委会的调解大妈正向他家走去，身后跟着调解大爷和鱼贩子小两口儿，他们分别对他喊着什么，他自然是什么都没听到。

7

潘二龙信马由缰地走着，天黑下来还没找到今夜的归宿，走出几站地后忽然想起潘大龙说扭送骗子到派出所的事，就决定按照潘大龙的说法，到离京西月饼店最近的派出所去打听一下，看那个把两腿折起来藏进裤筒里的摆摊人是不是被扭送到了那儿。从现在起，他下决心不再把潘大龙叫哥哥了，过去有好几次他都这么想过，可他事到头来总是不能做到，这次他再不能让自己心软嘴贱。至于打听那个摆摊人是为什么，他的意识还处于一种混沌状态，连他自己也说不清楚，只是迫切地想见到那人。派出所里昼夜服务，灯光下的值班员是一男一女两个民警，见有一位少年专门来问这件不相干的事情，男民警反问了他一句话，他的耳朵仍然一个字也听不到，但他从对方的口型上猜测是问他们什么关系,他本想撒谎说他是那人的亲戚,脱口而出的谎话却是那人的同伙,还说他们一个负责进货,一个负责摆摊。自从为买弹弓他对父亲谎称没有花好月圆牌的月饼那天起,他撒起谎来已经有了一定的基础,甚至可以说是出口成章。

他看见两个民警同时一愣,接着女民警又问了他一句话,从口型上猜是继续问他都进些什么货,他又出口成章地说了个电视机,是想到被赶出家门以前损坏邻居家的那台大电视了。说完还不明白他为什么要撒这个谎,是不是这样他就可以见到那人?要么把他也关起来?如果他能进去倒也不错,今晚有个地方让他过夜,等明天一调查不是这么回事,就只好又把他放出来了。女民警脸上露出困惑的表情,明显是对他供出的经营品种表示怀疑,或者他根本就是答非所问,这时他用手指了指自己的耳朵,接着又摆了摆手,意思是说他的听觉不好。男民警突然仰天大笑起来,笑罢模仿着他的动作,用手指着耳朵上方的脑子,像搅面糊一样搅了几圈儿,指出他的问题恐怕不是耳朵,而是脑子里有毛病吧?女民警立刻也大笑了,当机立断认为这是一个有精神病的孩子,起身把他赶了出去。

潘二龙第二次想到的是地铁,他曾经听说乞丐有时在地铁站里过夜,有时睡在进入地铁的过街通道里,那儿也是地下,遮风挡雨,冬暖夏凉,是无家可归的穷人最好去处。此外他还有一个侥幸的想法，想在这儿又见到中秋节见到的那个背影像母亲的女人，那天她教给他"一分为二"地带回了弹弓，如果真是母亲在点化他的话，她会再次出现在他最需要的时候，帮他渡过眼前的难关。可是他坐在地下通道的石砖上一直等到地铁的最后一班，也没有见到母亲的化身，有一次他差点儿认错了人，追上去才发现那个女人比母亲要年轻得多。后来他就这么想着，天太晚了母亲是不会来的，而且就是真的来了，父亲已经被他气成了一条疯狗，她还能把他送回家吗？他在地下通道的墙边找了一处地方，躺下又想了一会儿心思，就昏昏糊糊地睡过去了。

天快亮的时候，一群赶头班地铁的乘客轰轰烈烈地穿过地下通道，有人的拖包辘轳把蜷缩在墙边的潘二龙给撞醒了，那一下正好撞在他的头上。昨夜他睡得真好，远远超过睡在自己家里，前半夜没有一只老鼠来打扰他，直到他刚刚醒来之前才做了一个梦，梦见灰皮终于被他给抓住了。他把它千刀万剐，斩首示众，用一根废旧墩布的木把挑着它那颗圆锥形的灰色脑袋，挂在他们老鼠胡同6号院的院门口让人围观。在密密麻麻的人群后面，他看见了母亲，母亲的眼睛像两颗星星一样闪闪发亮，沧桑消瘦的脸上露出遗像中没有的笑容。他有些抱怨那只把他撞醒的拖包，如果让他再睡一会儿，他就可以看到母亲说话了，在梦里他的耳朵也许还能听到母亲的声音，母亲一定

83

会这样问他，被他打死的是不是那只灰皮？

潘二龙的心又回到家里，今天是星期日，他要是在家，趁着父亲出门修鞋未归，不用说还会接着和灰皮周旋，虽然父亲逼着他在母亲的遗像前发过了誓，但他心中的誓言却恰好是相反的内容。可惜的是他被父亲和潘大龙赶出家门，没有得到他们的允许他是不能再回去了。他觉得肚子里面有些难受，是一种饿的感觉，想起自己几乎有两天两夜没有吃饭，前天中午他把一包方便面分给了灰皮一半，自己的一半没吃几口战斗就开始了；下午父亲领着那个胳肢窝里夹着黑色皮包的胖子到家来买青花瓷坛，因为瓷坛被他打了父亲连厨房也没有进；昨天早上他为了让父亲多吃一些，自己省下窝头只喝了一小碗粥；中午他空着肚子和灰皮继续战斗，一直战到下午父亲回来把他赶走。他很想去买点儿吃的东西，随便什么都行，烤白薯啦，煮玉米啦，或者煎饼果子和炸油条之类，可惜他兜里一分钱也没有，这个修鞋匠的孩子不像很多人家的娇儿，身上永远有用不完的零花钱。

他来到京西月饼店的门前，当然不是希望店里有人给他一块月饼充饥，而是想象着出现这样一幅画面，那个穿绿色汗衫的摆摊人双腿真的断了，不是为了骗人把它折在裤筒里，现在真相大白，骗人的人是潘大龙，摆摊人因此被派出所放了出来，又在这儿摆起了地摊。他想把他用从这儿买的弹弓打灰皮的故事讲给那人听，还想帮助那人做些什么，或者他们怎样互相帮助，商量着共同摆摊来卖更多的杂货。反正他的耳朵已经聋了，也是一个残疾人了，又失去了父亲的供养不可能再上学了。但是那人的确已经不在那儿，京西月饼店的门前换了一个漂亮的摆摊女人，一个身穿工商所蓝色制服的男人眼睛盯着她的两只大奶，嘴里嗑着她摊上的瓜子，吐出的瓜子壳像飞蛾一样，物归原主地又飞回散开的瓜子中。

潘二龙一边庆幸着这人不是潘大龙，不然还会对他进行干涉，像对那个被他们扭送走的摆摊人那样，一边琢磨着潘大龙为什么要巴结基建科长的老丈人和老丈母，全心全意想跳槽到人家女婿的单位，是不是在工商所只能吃几颗不要钱的瓜子，在基建科却能用钻石牌的水泥灌铸老鼠钻不进去的墙脚，两边的好处有很大不同？看见别人嗑瓜子他更饿了，他想起克服饥饿的办法除了吃饭，再就是睡觉，睡着之后什么都会忘掉，还可以接着做那个被拖包撞断的好梦，听母亲喜极而泣地表扬他，打死灰皮他的功劳太大了！

他回到地下通道，混在一群人里看一个肮脏的老瞎子拉着二胡，在老瞎子一颤一颤的黑手下面，那支用弓弦震动蛇皮发出的调子，把围观的人听得快要流下泪来。虽然他什么也听不到，但他知道这是一个凄惨的故事，并且发觉它同样也能对付饥饿，因为老瞎子拉二胡时嘴巴一张一张的样子像是比他更饿，二胡的调子里仿佛有更多的人饿死在了马路上。有人开始掏钱给老瞎子，他想起唯有自己是没钱给的，就自觉地退了几步，后来就不好意思地走了开去，走到昨夜睡过的那个位置。他很快就睡着了，可能还打了呼噜，但他同样是听不到的。

这一觉睡得真长，醒来时他发现有几个背着书包的小同学把他围着，其中有一个把手伸到他的鼻子下面，估计是试他还出不出气，见他不仅出气还睁开了眼睛，几个小同学顿时鼓掌发出欢呼，从口型看像说"没死，没死"。潘二龙迅速地回忆了一下自己，睡了大概一个白天又一个夜晚，此时应该是又一个大清早了，这几个小同学是乘地铁去上学的，路过这儿一定以为他要么是个死人，要么是个病得快死的人或者酒鬼，如果再不醒来他们就准备做好人好事去向警察报案了。潘二龙从石砖地上坐起身子，对他们笑了笑，又挥了挥手。小同学们就也笑着对他挥手再见，蹦蹦跳跳地上学去了。

潘二龙这时才想起自己也是学生，而且今天是星期一，上周五的下午他因为追打灰皮误了上学，没做值日，在校长和同年级老师听课时给本班造成极其不好的影响，崔老师为此专门家访，他已当着父亲和崔老师的面答应今天去弥补过错。现在，虽然他不能再上学了，但是他要说话作数，这个值日他得补上，弥补了过错再离开学校，在别人眼里就不会是逃避劳动的懒孩子了。他站了起来，站起来时身子踉跄了一下，这在以前这是从没有过的事，原因是他有三天三夜没吃饭了。不过他相信自己还能走回学校，他只能走着回去，如果他能乘坐地铁和地面公交车的话，他也能用这两元钱买一块烤白薯吃进肚里，先解决了眼前的首要问题再说。

他花了足有两节课的时间才走到学校，最开始是小跑，没跑多远就变步为走，由快步到慢步，肚子饿得他慢步都要走不动了。走到第三个红绿灯下他蹲着歇了一会儿，起来接着走时认错了方位，走了一阵发觉不对又返回原处，拐一个弯才算找到正确的路。他来到自己班的教室门口，这时候已经上到第三节课了，崔老师上课是喜欢开着门的，从门口可以看到她在黑板上写字的飒爽英姿。他长长地吸了一口气，把它存在胸口那儿，壮起胆子喊了一声"报告"，崔老师蓦然回首，略一愣怔就急速地向他走来，全班同学也都扭过头来看他。他看见后排那位平时和他友好的女生把脖子缩了一下，像是替他担惊受怕，但更多的人却是幸灾乐祸，有的还偷偷地咧嘴笑着。

崔老师一听声音就知道是他，只是没料到他这时还来，当第一节课没有见到他的时候，她怀疑他会逃学一天，周二或许来对她说父亲被他给气病了，昨天他送父亲去了医院。她的脸色发青，眉毛上竖眼睛外突，走拢后对他说了一句什么话他听不到，接着她就用手把他推到教室门外，指着门框边一个长方形的白色纸块让他过目。白色纸块上面印着"不清洁"三个黑字，潘二龙的脸就像那个纸块一样白了，学校勤务组每周一全面检查一次卫生，用打印着"最清洁"的红纸、打印着"清洁"的粉红纸和打印着的"不清洁"的白纸，分别贴在清洁程度不同的各个教室门外的墙上，时间一般在早上第一节课前。不用说，这个像死了人一样难看的"不清洁"是针对上周五他没有打扫的教室，如果按照崔老师周六离开他家时对他的嘱咐，今早他在上课以前弥补过错，他们班也还能够得到一个红色的"清洁"。

　　爱护集体荣誉的同学有的擅自离开座位，溜出来对他做着鄙视的动作，被崔老师发现后轰了回去。崔老师转过身来正式对他训话，从时而闭上一会儿的嘴型来看，她一定是训一段话又问一句，但是看他一脸漠然的表情只字不答，她的面色由青转红，眉毛竖得更高，眼睛快要掉出来了。她突然在他的肩膀上狠推了一把，手往前方一指，又迅速地摇摆着，嘴里同时喊了一句什么，接着她转身走进教室，果断地关上了门。一股冷风扑在潘二龙的脸上，是被教室的门推出来的，从关闭的速度来看，那声音一定很大。

　　潘二龙看懂了她这一系列的手势，是让他离开这儿，以后再也不要来了！他能理解温柔的崔老师为什么会愤怒成这样，就像父亲为什么亲手打碎青花瓷坛，是自己又一次伤害了家庭一样的班级，伤害了父母兄弟一样的老师和同学，给这个集体造成了不好的影响,带来了巨大的损失。他不知道崔老师的以上态度是不是代表学校,宣布他从现在起被开除了,如果是这样的话,他在受到这个处分之前,已经没有机会完成他欠下的值日,关闭的教室门内正在上课,他不能进去再为班上扫一次地了。

他走出学校的大门,顺着最熟悉的一条道路往前走,走到中途才想起前面那条胡同是他的家,他摸了一下兜里的钥匙,过去每次走到这儿他都这么摸一下,这是预备开门的习惯动作。钥匙还在兜里装着,这小玩意儿是他身上最硬的东西,不仅因为是铁,还因为有了它就有了家,进而有了家里的一切。可惜的是他兜里的钥匙还在,家和家里的一切都不是他的了。为了和灰皮作战,他打碎了母亲的陪嫁家里唯一的镇宅之宝青花瓷坛,折断了邻居鱼贩子的发财树,损坏了更重要的邻居基建科长岳父岳母的大电视机,还打破了镶着母亲遗像的镜框玻璃并且在母亲的额头上打了个洞,由此他失去了父亲,以及那个曾经被叫作哥哥的潘大龙。他停住脚,站在街边左思右想,想着是回还是不回,父亲肯定又出门修鞋去了,潘大龙更不可能还在这个家里,趁着家里没人回去看上一眼,要能见到灰皮,索性和它最后再战一场,就是把家里打个稀巴烂也无所谓了,反正他从此永不再来。不过他接着又想,能够按他想的这样进行下去倒好,但如果被三家邻居中的任何一人看见,对他进行阻止又怎么办？

潘二龙最终排斥了后一种可能，这次他将闪电一般穿过院子，进到家里就插上房门，尤其是追打灰皮的时候要堵死每一个出口，决不让它跑出屋外！街边一个卖卤蛋的女摊主见这孩子一副饿相，又长时间地站在那儿不走，就伸长一双黑乎乎的筷子，招呼他买一个卤蛋尝尝，说是味道真好。潘二龙回过神来，使劲装出不饿的样子拔腿就走，他快速地走进老鼠胡同，快速地走进6号院，更快速地打开门锁走进家里，反手就把房门给插死了，比崔老师关上教室门的动作还要麻利。院子里一个人都没有，这使他感到无比庆幸，但他进门却看到了一幅可怕的景象，一大群老鼠聚集在他家吃饭的那张桌上，总共大约有二十多只，它们团团围住一个长方形的木框，木框中间放着一个布袋样的东西，里面好像装了活物，正在一下一下地蠕动着。

老鼠们听到门响，嗖的一下四散而逃，这使潘二龙一眼看了个清楚，饭桌上的那个木框正是镶嵌着母亲遗像的镜框，框中残存的碎玻璃全没有了，一定是父亲把它从墙上摘下来，准备配上新的玻璃再挂回原处。镜框上面，其实就是母亲的遗像上面，那只一下一下蠕动着的布袋原来正是他要寻找的灰皮！灰皮也看见了他，圆锥形的灰色脑袋向上昂了两昂，但又垂了下去，四只尖锐的爪子一点也不挣扎，全身只有两粒花椒籽大的黑眼睛还能用力地把他盯着。它好像快要死了，三天前还那么矫健的身体居然成了这样一副窝囊模样，潘二龙欣喜若狂，祝贺自己回来得真好，张开两只空手就向它走去。他盼望它死，多少天来做梦都梦见自己打死了它，但他又不愿让它死在母亲的遗像上，他想最好它刚一离开镜框，就被自己两手抓个正着，然后任他如何处死它也不会脏着母亲。

不过他怀疑事情没有这么简单，这个老奸巨猾的家伙或许又在耍什么阴谋诡计，一想到前两次都是他正要得手，它却从自己头顶上一飞而过，他就越发万分警惕。他左右看看，在脚边捡起一把扫帚拿在手里，以防它突然再飞来时他就用这个将它打落在地。但奇怪的是当他慢慢走到还差一步就要打到它的时候，它非但没有任何起跳的迹象，还把身子往下伏得更低，小眼睛里发出的亮光也不再像过去那样充满挑逗，而是有些可怜巴巴，甚至还含有一丝哀求的意思。潘二龙仍然不能消除怀疑，他举起扫帚来走最后的一步，这时他就看见它张开了血红的嘴，好像从中发出一种声音，眨眼之间，刚才那一群四散而逃的老鼠就卷土重来。它们一部分重新围在它的身边，纷纷背朝着它而面朝着他，形成一种誓死保卫之势，另一部分迎着他手里的扫帚无限英勇地扑上他的身子，用爪子抓他的脸，用嘴咬他的手，还有一只老鼠展开双爪挖向他的眼睛。

潘二龙遭到突然袭击，挥动扫帚一顿乱打，打在老鼠们的身上同时也打在自己的手上和脸上，被打落在地的老鼠爬起来又继续向他身上攀登。他知道它们是被灰皮召来掩护它的，如果他在和它们的殊死搏斗中让灰皮逃走，那倒正好中了它的如意算盘，于是他决定放弃它们，腾出双手去先打死卧在母亲遗像上的灰皮。这时他又发现了更加奇异的事，一摊鲜血从灰皮的两腿之间洇了出来，染红了母亲的半张脸，还有一些粉红色的小东西在血泊中抽搐着。灰皮那个好像口袋一样的身子完全敞开了，上面湿漉漉的，颜色由灰色变成了黑色，它的小眼睛里闪着痛苦的光，闭了一下又微微睁开，任其所以地把他看着。潘二龙到底明白它的肚子为什么这样大了，但他一想起母亲就决不手软，心中更是硬得像兜里的那把钥匙，并且他还清醒地知道，那些粉红色的小东西很快就会长成向他扑来的这群灰色的家伙，再过些年，还会变为致死母亲的那个巨大的灰皮。

他用这群老鼠扑向他的疯狂，朝着它们的前辈和教头扑去，灰皮动了一下又不动了，它是实在不能动了，粉红色的小东西还在不断地从它的屁股里往出掉着，鲜血也随着不断地洇出，母亲的遗像快要全部浸泡在那一汪稠酽的红水中，因为用力，灰皮的爪子抓破了母亲的脸，看上去那血像从母亲脸上流出来的。保卫在灰皮身边的老鼠知道最后的时刻到了，它们一跃而起，也加入那支抓他咬他的队伍中，从正面向他发起进攻。潘二龙的双手被咬得鲜血淋淋，脸上被抓得皮开肉绽，他身负着从头到手的二十多只老鼠，仍然坚定地直奔灰皮，直到将它牢牢抓住。他一手掐紧它的脖子，一手扯长它的两条后腿，它浑身抽动，已没有了对抗的能力，身上的血顺着又湿又黑的皮毛往下流着，和他脸上手上的血混在一起。潘二龙把它鲜血淋淋的身子举到嘴边，现在他要完成自己亲口立下的誓言，替母亲生吃了它的肉，正好这三天三夜他连一口水也没有喝，他已经饿得快不行了。

灰皮只稍微地挣扎一下就让他咬了，它的肉和皮连在一起又厚又韧，像一只橡胶做的玩具坐垫，里面塞满结实的材料，他一点也咬不动。他转而去咬它那颗圆锥形的脑袋，心想它所有的贪欲和邪念都是出在这儿，这儿才是这个罪魁祸首的罪恶之源，但他不仅更加咬不动这个地方，反而还被它尖利的牙齿扎破了嘴唇。潘二龙试遍了它的全身上下，感觉能咬得动的可能只有一处，那就是它两腿之间的那些粉红色的小东西，它们还在一个一个往出掉着。他用已经咬酸的牙齿向它咬去，果然那东西柔软细嫩，咔啪一响还像是脆骨的声音，他两口就咬烂了一个，然后把它咽进肚里，心中充满复仇的快感。不过它又腻又腥还黏糊糊的，刚咽下去他就打着干呕，想吐却又吐不出来。

越来越多的老鼠拼命撕咬着他已经露出骨头的双手，想从他的手中夺下灰皮，另外一些兵分二路主攻他的头部，像是语文课上崔老师讲的围魏救赵。潘二龙觉得手里大气不出的灰皮似乎已被他掐死了，但他担心它还会死而复活，甚至这个诡诈的家伙是在装死，这时正咬牙想着如何才能逃过此劫，然后东山再起。因此他以防万一，掐着它脖子的那一只手仍不松开，只腾出扯住它后腿的这一只手，在墙上狠狠一捶，把手上的老鼠震落在地，空手再去对付脸上的老鼠。他发现在他不顾一切吞吃灰皮婴儿的时候，他的一根小手指头被咬断了，脖子被抓破一个洞，同时还有一颗眼珠被挖了出来，像只大蜘蛛一样吊在他的鼻梁右边一荡一荡，难怪他看着眼前的灰皮有些发浑，还以为不知是谁的血糊住了他的眼睛。

　　他的左眼前面又伸来一只鼠爪，可能是挖他右眼的那只有了经验的老鼠，他飞起一手将它抓住，使出全力掼在地上，抬起一脚踏成肉饼。但是，却有更多的鼠爪向他左眼伸来，它们的战术是要把他变成瞎子，这样好在他盲然无措之中抢走灰皮。为了保住自己唯一的眼睛，潘二龙索性把这只眼睛闭上，全凭感觉抓捕这些前仆后继不要命了的老鼠们，抓住一只就掼在地上用脚踏死，收拾完了脸上再收拾手上，直到脸上和手上全都收拾完了，又过了一会儿他才把眼睛开。他先看见的是脚边死鼠一片，再看手里的灰皮，的的确确是死定了，巨大的身子已经硬翘翘的，比没有坐暖的橡胶坐垫还硬。他把它也掼在地上，跳起双脚狠踏几下，把它身子里面最后一个粉红色的东西踏了出来，又用皮鞋的后跟把它圆锥形的脑袋踩成扁锥形，看上去像是一个略微有点凸起的平面图案。

桌上那只没有玻璃的镜框彻底毁了，木质的框架伤痕累累，血迹斑斑，框里镶嵌的母亲遗像浸透灰皮的污血之后，又被它的爪子抓得稀烂，只剩下一个认不出来是谁的模糊影子。潘二龙用自己的衣袖把上面的污血擦去，双手端着，挂回墙上本来的地方。他想扒下灰皮的皮，但他没有得力的刀子扒不下来，却在找刀子时找到一口铁钉，又找到一把修鞋匠父亲淘汰了的钉锤，心想这样也成，就转身捡起地上的灰皮，把它钉在镜框内右方偏下的位置，让影子模糊的母亲眼角能看到它。有点生锈的铁钉穿过灰皮的胸口，尖的一头扎进墙里，大的一头还有一个钉帽露在墙外。它的那颗被他踩扁的脑袋垂下来，张开的嘴巴正好对准胸前，像是想用牙齿拔出射进心脏的箭头。

潘二龙一脚一只，把地上的死鼠全都踢到母亲的遗像下面，码成一个灰色的垛子，对着镜框里已看不见了的母亲双膝跪下，喊一声娘，磕三个头，慢慢站起身来，把兜里的房门钥匙放在一片狼藉的桌上，像回来的时候一样快速地出门，快速地走出院子。和回来时候不一样的是院子里终于有人看见了他，是出门倒垃圾的居委会调解大妈。她都认不出这个又瘦又脏的邻居家孩子了，冲着他的后背嚷了一嗓，哪儿来的小偷，大天白日跑进院子来啦？就不怕把你抓起来送到派出所去？

潘二龙听不到背后的嚷叫声，更快速地朝着胡同口走去。三天以前，他的两只耳朵被潘大龙打聋了，今天他的眼睛又被老鼠挖掉一只，他已成了一个半瞎的聋子。突然，他还剩下的这只眼睛发现，回来时要卖他卤蛋的那个女摊主背后的墙上，贴着一张像"不清洁"一样的白纸块，上面的两行字很像父亲的笔迹。他好奇地走到近前，竟然认出落款真是父亲，内容是因急于用钱，愿以优惠的价格把老鼠胡同6号院内一套平房出租一半，有意者请和本人联系。

他再一次傻站在了街边，想起被他损坏的基建科长老丈人家的大电视机，接着又想起父亲那双平均一天还修不到十双皮鞋，被瓷片和玻璃划得鲜血淋淋的手。卖卤蛋的女摊主刚刚伸出一双黑乎乎的筷子，正要招呼他尝一个味道真好的卤蛋，一看他浑身污血，从脸到脖子再到手上全是烂肉，一只血洞一样的红眼窝里已没有了眼珠，"啊"的一声惊叫，赶紧把那双筷子缩了回去。

卖脸者

1

冬天里的一个早上,小城兽医何秋生爬下床来,对着镜子,把自己那张大脸照了又照。这张脸目前还没来得及洗,上面脏啦吧唧,鼻子两边还悬着几串绿松石似的眼屎,但整体上看还是白的,不仅白,而且又圆又大,像是一只酒席上放全鸡全鱼的大白瓷盘。何秋生再一次地鼓足勇气,决定按照昨夜的既定方针,坐车去三十公里以外的市里拍卖自己的脸。

因为天亮就要采取行动,昨夜的何秋生基本上没有睡好,他仰面朝天躺在床上,翻着眼睛想他自己的事,想了从前又想现在,想了现在又想未来,就像是有人约他写一本传记,他得提前打个腹稿。不过可惜没人约他做这个事,若是有人约他就好了,写书能挣稿费,他就可以不去卖这张脸了。何秋生毕竟不是写书的人，他的腹稿打得没有章法，啰唆重复，乱七八糟，反葫芦倒水，完全是意识流，已经把未来的事都想了，又反过去想现在和从前。有些不该忘记的事情他给忘了，而有些该忘的事情，比方说他跟目前这个死对头胡春来，所有的恩恩怨怨，是是非非，他却是记得那么清楚。

要说何秋生的脸大，他的脸原本并不算太大，生下地时也看不出有什么异常，长到一岁的时候，才无意中觉得比同龄的孩子要大那么一点儿，但顶多也是一只小白瓷碟，只能放几颗下酒的花生米，慢慢显出大的差别，那是到了三岁以后。何秋生的出生之日，正是很多人的饿死之时，正史上说的三年自然灾害，若是听听野史，就知道那灾害仍然是人造的。不过这事跟何秋生的脸大脸小没有直接的关系，我们暂且不去说它。我们要说的是三年过去了，灾害却还没有过去，中国人民的肚子还处于饥饿的状态，这时谁家要是偶尔有了一点好吃的东西，白米饭和肥猪肉之类自然是不可能的，冲破天无非是半锅糙米饭啦，一盘死猪肉啦，这在当时就已经很了不起，很令人眼珠发红嘴里流口水了。有幸能够吃到这些食品的人家，一般都得把一家至爱亲人关上禁闭，拿一根结实的木栓把房门插死，并且试着从里面拉一拉，看是否有人能从外面推开。总而言之，是千万不能让隔壁邻舍知道，因为一旦走漏风声，给人家一点吃吧，肯定是舍不得的，不给人家一点吃吧，又肯定是有顾虑的，唯恐因此而得罪了人家，日后会遭到人家强烈的报复，左右为难，怎么办呢？就只好一家人躲在屋里不出声地吃，就像一窝瘦猫共吃一只小老鼠。

问题是何秋生偏不这样，何秋生从小跟别的孩子不一样，说得好听点叫作另类，说得不好听就叫二百五。但逢家里吃糙米饭和死猪肉，他偏生要端着饭碗到院子里去吃，上下两片嘴唇用力地击打着，吧唧吧唧，故意发出巨大的声响，恨不得美国都能听到。当然这不过是何秋生三岁时的幼稚想法，美国是不可能听到他吃死猪肉的声音的，能够听到这种声音的只有院子里的几家穷邻居。邻居家的大人一听何秋生吧唧嘴，就把自家的小孩死命往怀里拉着，气愤愤地嘟哝着说，这个大脸娃子，吧唧个什么，不就是几块死猪肉吗？但说是这么说，有的孩子却还是管不住的，每当这个时候，只听隔壁胡家拐大爷的那扇破门吱呀一声开了，从里面走出一个跟何秋生年龄相仿的小黑孩，那是胡家拐大爷的孙子。小黑孩双手紧端着一碗蒿子面糊糊，鼻子下面拖着两挂绿色的鼻涕，目不转睛地盯着何秋生的碗，从那眼睛里面伸出两根铁钩子，只要把他碗里的糙米饭和死猪肉钩进自己碗里，却将自己碗里的蒿子面糊糊直往何秋生面前送，嘴里豪爽地说，你吃！你吃！说着说着一汪口水流了出来，太阳照着明晃晃的，跟鼻涕一道在碗的上空打着秋千，一不小心，吧嗒掉在蒿子面糊糊里了。

99

胡家拐大爷是个捡破烂的老头子,老伴和儿子都在所谓的三年自然灾害时期饿死了,儿媳妇不想年纪轻轻就跟男人去阴曹地府,就把儿子扔给公公,自己弃暗投明,嫁给人民公社食堂一个做饭的大师傅。胡家拐大爷的儿媳妇心里这么想着,既然到处墙上都是白石灰写的食堂万岁,那么跟着食堂的大师傅该不会饿死吧。事实证明胡家拐大爷儿媳妇的选择是英明的,自从嫁给人民公社食堂做饭的大师傅后,她不但成功地保住了自己,而且还保住了饿得奄奄一息的公公和儿子。不过胡家拐大爷和他孙子的命虽然被保住了,他家的伙食却仍然比不上何秋生家。

　　这座距离市区三十公里的小城有一个兽医站,站长是何秋生的老兽医爷爷,下面领导着一个小兽医,就是何秋生的爹。这兽医是何家祖上传下来的一门手艺,说是兽医,限于小城的地域特色,医治的兽类一般只有牛和猪,马和骆驼是没有的,全部业务无非是劁猪骟牛,没病时给它们打打预防针,有病了给它们治治病。这年头小城附近乡村的牛和猪跟人一样,怪病都是饿出来的,一头老牛刚才还在埋头犁地,犁着犁着站在那里不动了,用嗓子吼也不动,拿鞭子抽也不动,只见它老人家两眼流泪,四肢发抖,这时一阵小风从侧面刮过来,突然扑通一声,倒在地里就牺牲了。猪也是这样,猪当然不像牛那样忠勇节烈,战死沙场,它们一般都是倒在臭烘烘的猪圈里小声地哼唧着，口吐白沫威胁着主人。主人一看形势不妙，跳过猪栏，拔腿就往小城兽医站跑。

何秋生的爷爷和爹都很乐于接受这项业务，但凡接到猪牛生病的消息，这父子二人要么是留下小兽医看家，老兽医亲自上门，要么是留下老兽医看家，派出一个小兽医去。无论谁去都是一样，因为何秋生的爹跟着何秋生的爷爷学做兽医多年，两位的水平和名气都差不多了，上门为病牛病猪行医，治愈率也是差不多的。至于上门出诊的报酬，小城兽医站没有明文规定，那年头有这么一个约定俗成的做法，若是治好了，主人就热情地留兽医吃一顿饭，糙米干饭用漆树籽榨的油炒了，里面打上一个核桃大的鸡蛋，走时再舀碗糙米给他带上；若是治不好，主人情绪虽然有些低落，但是一顿便饭还是要留他吃的，漆树籽油和核桃大的鸡蛋就从免了，主人吃什么他吃什么。若是一边吃着便饭，一边病猪病牛坚持不住死了，主人舍不得埋掉它们的尸体，就请兽医顺便充当一次屠夫，像对待活牛活猪一样剥皮刮毛，开膛剖肚，砍头卸腿，割肉剁块，一切料理完毕，充当屠夫的兽医可以适当地挑一小块死猪死牛屁股上的肉，作为工钱提回家去，给全家人打个牙祭。

那年头死猪死牛的肉，只有傻子才不敢吃，人们坚信它们虽说有病，其实却是被饿死的，加点佐料炒出来是一样的美味，谁也不肯挖个土坑埋掉，即便遇上一个傻子把它埋了，转个眼睛,还会有另一个聪明人又把它刨出来,不久之后就可以随风吹来一阵扑鼻的肉香。因此对于同样挨饿的兽医世家何氏父子来说,世界观跟猪牛们的主人并不完全相同,他们既希望能够为小城附近的乡村人民治好所有的病猪病牛,同时也不反对在这个美好的愿望万一不能达到的前提下,小城附近乡村人民的病猪病牛适当地死上几头。可想而知,在那个难忘的年代,时常可以吃到死猪屁股的何秋生家,伙食至少要比胡家拐大爷家高一个档次。

胡家拐大爷的孙子比何秋生大半岁,生于饥饿之年的阳春三月。因为爹死娘嫁,家里只剩一个捡破烂的拐子爷爷,虽说是改嫁人民食堂做饭大师傅的亲娘趁着夜色,经常提些剩饭剩菜回来为他充饥,但这月光下的偷鸡摸狗行为,不能成为孩子可靠的生活保障,有一顿没一顿的,这个孙子的长相就跟他的拐子爷爷有几分酷似,瘦得里面的骨头直要戳破外面的皮。二百五的何秋生原本只想对外界炫耀,自己家里还有糙米饭和死猪肉吃,见到胡家拐大爷的孙子铁钩一般的眼光,心里稀溜一下就软了,觉得眼前的世事太不公平,他跟这个骨头要戳破皮的黑孩一年生的,又都住在小城的一条街上,而且墙挨着墙,门挨着门,凭什么自己吃糙米饭,人家却吃蒿子面糊糊,自己吃死猪肉,人家却吃烂白菜帮子?何秋生看见胡家拐大爷的孙子把蒿子面糊糊递到自己面前,嘴里还说你吃你吃,分明是想两人进行交换的意思，但他瞧不起对方的伙食，更瞧不起这种交朋友的庸俗方式，要送就干脆送，交换个什么呢？于是他迎过去，抢先把自己碗里的糙米饭和死猪肉拨一些到胡家拐大爷的孙子碗里，然后转身就走，站在远处观看对方连饭带肉，连同两挂鼻涕一道吃进嘴里，心里真是无比的甜蜜。

胡家拐大爷的孙子心里更是无比的甜蜜，不甜蜜的只有何秋生的娘。何秋生的娘发现儿子人在曹营心在汉，居然把自己碗里的东西送给了别人，一个箭步冲出门来，别人她不能管，她就劈手揪住自己儿子的脸，像揪一张想把它扩大一倍的白面饼子，从门外一直揪进门里，夺了他手里的饭碗逼问，以后还敢这样做吗？这时的何秋生简直是个抗日的小八路，咬着牙关，瞪着眼珠，扭着脖子，咧着嘴皮，任凭他娘把他的脸像揪白面饼子那样揪着，一个字都不回答。倒是他的兽医爹心软了，放下碗来发表了一句看法说，这孩子从小讲义气，喜欢做好人好事，没准儿长大了是个活雷锋，这脸本来就比别人的大，你还这样使劲揪，要是揪成个大歪脸，往后找不着媳妇怎么办？何秋生的娘越发使劲揪道，找不着媳妇是他活该，他喜欢胡家拐大爷的那个混账孙子，让胡家拐大爷的混账孙子给他当媳妇去！

这样的事在以后的日子里多次发生，何秋生既然像他兽医爹说的那样讲义气做好事，就不可能不把死猪肉送给胡家拐大

103

爷的孙子吃，他娘既然表示反对，就不可能不用手使劲揪他的脸，久而久之，恶性循环，何秋生的脸在他娘的手里越变越大。好在并没有变成大歪脸，因为他爹的话提醒了他娘，他娘虽然嘴上硬如钢铁，心里却也害怕往后真的出现这种局面，就在揪脸的时候适当地换换位置，上次用左手揪他的右脸，这次就用右手揪他的左脸，这样揪着还不解气，就用两手同时抓住他的两边脸，左右开弓使劲地扯着。亏得何秋生的脸皮厚，有韧性，经得起揪也经得起扯，听着他娘嘴里发出吭吭的用力声，一边揪扯还一边审问，以后还敢这样做吗？抗日的小八路决不屈服鬼子的拷问，有一次他竟突然爆发出一声怒吼，就敢！就敢！我还要跟他结拜弟兄呢！

这句振聋发聩的话是他七岁的时候吼出来的，那一年他刚好上学，跟胡家拐大爷的孙子在一个班，坐一张桌。这是班主任老师的故意安排，因为何秋生的学习全班第一，胡家拐大爷孙子的学习也是第一，却是从后面往前面数的，他基本上不会做老师布置的任何作业，也不会回答老师提出的任何问题，一上课就被老师点名罚站，一站起来就呜呜地哭，一哭就从鼻子里流出两挂绿色的鼻涕。何秋生看他哭得可怜，忍不住又做好人好事了，拿手指悄悄捅着他的瘦屁股，小声地教他说，三乘三等于九，快答三三见九，真是个猪！胡家拐大爷的孙子噗的一响把鼻涕吸了回去，低着头回答说，三三灌酒，整死个猪！

教算术的女老师一下子被他答糊涂了，瞪着眼睛想了三三见九秒钟，突然扔下教鞭哈哈大笑，笑得大幅度地弯下腰去，很久以后才直起来，竟是一脸晶莹的泪水。算术女老师用手帕擦干眼泪，换成严肃的样子对何秋生说，从今天起，你要好好地帮助你的这位同桌，就像你是他的哥哥，他是你的弟弟！何秋生听着眨了眨眼，站起来纠正算术女老师的话说，老师您说得不对，他是我的哥哥，我是他的弟弟！

何秋生要跟胡家拐大爷的孙子结拜兄弟的念头，就是在这一感人的时刻产生的。七岁的何秋生听人讲过一些古代的故事，还看过几本打仗的娃娃书，什么梁山泊，瓦岗寨，岳家军，杨家将，何秋生崇拜的人物还真不少。历史上的英雄，江湖中的好汉，差不多都爱杀鸡饮酒，义结金兰，最有名的就是刘关张桃园三结义。既然老师让他跟胡家拐大爷的孙子做弟兄，何秋生就决定这么做了。周末这天放了晚学，他从街头卖熟肉的李寡妇家里偷来一只白公鸡，又从街尾卖黄酒的张老汉家偷来一碗老黄酒，把胡家拐大爷的孙子带到一座长满青草的坟院，两人学着古人的样子并排跪下，他把白公鸡的脑袋一刀剁了，鸡血滴进酒碗里，自己先喝下一半，再让胡家拐大爷的孙子喝下另一半，一人对天磕三个头，发一句誓。何秋生说，我俩从此结为异姓兄弟！胡家拐大爷的孙子说，我俩从此结为异姓兄弟！何秋生说，如有二心，天打雷劈！胡家拐大爷的孙子说，如有二心，天打雷劈！

天色很晚两人还没回家，何秋生的兽医爹下乡给一头病牛出诊去了，他娘打着一支大头手电筒，叫了隔壁胡家拐大爷，结伴去找自家的孩子。从东门找到西门，从南街找到北街，在北门外一座长满青草的老坟院里，他们听到一阵抑扬顿挫的呼噜声，奔去一看，两人屁股对屁股地倒在草地上，大张着嘴睡得正香，一股难闻的酒气随着呼噜散发出来，脚下还躺着一只没长脑袋的白公鸡。两家大人都明白了，何秋生的娘从草地上一把拎起自己的儿子，此刻也顾不得保持左右平衡，使出全身力气狠狠揪着他的半边脸，把他从梦里揪醒过来，一路把他揪回家里，关起门来审问他道，你这个不要脸的东西，你给我老实坦白，那只鸡是从哪里来的？那碗酒是从哪里来的？你总是不要脸了，索性就让我把你这张脸给揪下来喂狗好了！

正揪着骂着，外面有人邦邦敲门，开门一看，是街头卖熟肉的李寡妇，恶狠狠地来要她的白公鸡，双方还没达成协议，街尾卖黄酒的张老汉又来了，也来讨他的老黄酒钱，不过却是笑眯眯的，两位受害者的态度不同，但是为了一个共同的目标走到一起来了。何秋生的兽医爹心疼得牙都松了，用他给猪牛治病挣来的钱赔了二位，这一次便对老婆的惩罚不再反对，他觉得这个混蛋儿子根本就不是雷锋，这张可恨的脸实在该揪，别说是揪成一张又大又薄的白面饼子，揪成一面大圆镜子才好,让他从今往后脸一疼就想照镜子,对着镜子一照就能想起自己可耻的行径。

这类案子虽说从此没有二例,但是其他的事件以后却屡有发生。有一次是在放学路上,胡家拐大爷的孙子看见同学吃一只荷叶裹着的浆粑馍,怎么也挪不动步了,眼睛梭镖一样往那边瞟,明晃晃的口水顺着嘴丫子往下流着,何秋生明白了他的心事,冲过去硬从别人嘴里夺下来,喂进他水汪汪的嘴里说,春来快吃!另一次是被夺了浆粑馍的同学报仇雪恨,反夺了胡家拐大爷孙子手里的一根烧玉米,惹得他哇哇大哭,卧地不起,何秋生又奋勇上前,把那同学一拳打出满脸的鼻血,一根烧玉米完璧归赵地夺回来,塞回他的手里安慰他说,春来别哭!每一次惹祸的结果,都是别家的大人告状上门,何秋生的娘按部就班,逮住何秋生骂他一声不要脸的东西,然后双手抓住他的两边脸皮,一左一右用力地扯着。天长日久,顺理成章,何秋生的那张脸果然变得又大又亮,看着就像一面大圆镜子,像一只酒席上放凉菜的大白瓷盘了。一天晚上睡觉之前,何秋生一家围着一只铜盆洗脸,洗完脸又把热水倒进一只木盆洗脚,何秋生正好坐在娘的对面,他娘的眼睛久久盯在他的脸上,突然一声惊叫说,天哪,你的脸怎么这样大呀!可别得了浮肿病吧?坐在侧面的兽医爹趁机就说,那不是肿,那是你揪的!何秋生娘心里疼着,却仍硬着一张嘴说,揪得好!看你明

107

天还跟胡家拐大爷的那个混账孙子来往!

但是到了明天,何秋生还是照样跟胡家拐大爷的孙子来往着。那个胡家拐大爷的孙子,名字就叫胡春来。

2

何秋生穿好衣服,撒了泡尿,在水龙头下洗了一个凉水脸,大脸上的几串眼屎没有了,却露出了一脸的憔悴。一夜未曾合眼的何秋生肯定是应该憔悴的,因为从昨天下午三点开始,他已告别了他的兽医生涯,往后的日子他将向何处去,在决定坐车去市里卖脸之前,这个问题一直严重地困扰着他。

三十年前他的兽医爷爷下乡去医治一头种猪,种猪得的是一种史无前例的疑难杂病,老兽医翻遍典籍,无章可循,只好硬着头皮下针,一针下去这头种猪死了。种猪主人揪住老兽医不肯放手,说是附近一百多头母猪都在等着它的康复,不给工钱反而要他赔偿经济损失,老兽医一气之下,回家倒床不起。兽医给猪治病,自己的病却是治不了的,先是一听猪叫头就疼得钻心,后来猪不叫了头仍然疼,疼得去不了兽医站,站长就换了何秋生的爹。发生这件事情的这一年里,何秋生正读初中,而他的同班同学结拜兄弟胡春来家,也发生了一件比他家更加严重的事,三年非自然灾害都饿不死的胡家拐大爷突然死了,早已没爹没娘的胡春来,从此沦为正式的孤儿,别说再读高中，就连吃饭也没有了来源。听说街尾卖黄酒的张老汉人老眼花，想雇一个人帮他看黄酒摊子，胡春来闻讯就去投奔张老汉，张老汉还记得当年黄酒被偷的事，但他原谅胡春来是个从犯，怪只怪主犯何秋生，如今胡春来死了爷爷，来他这里讨碗饭吃，他应该把这孤儿收留下来，再说看胡春来那一双轱辘乱转的小眼睛，算账收钱不会有错，保不准就是自己的一个好帮手，就收下胡春来帮他卖酒。

胡春来不读书了，何秋生顿时感到寂寞孤独，回家就告诉他爹，说是学校尽闹革命，并不上课，读到高中也不起作用，不如回来跟爹学着给猪牛治病。光杆司令的他爹正愁手下没人，心想俗话说得好，打仗还数亲兄弟，上阵全靠父子兵，有这一个懂事的儿子有心继承前人之志，他家祖传的兽医事业就能发扬光大了。谁知越是不想读书，老天越是要他读书，何秋生跟爹学了两年兽医，技术水平正在日益提高，小城街道要推荐一名青年去上工农兵的大学，学的就是畜牧专业。二把手的女儿和三把手的儿子争着要去，两家大人就展开一场激烈的厮杀，三把手把二把手当年贪污救济款的数字统计了出来，二把手则一举公布了三把手曾经利用职权搞过的若干女人，一把手生了气说，谁他妈也别争了，再争我们就要亡党亡国，你们就要判刑挨枪了，这个畜牧专业的工农兵大学生，我看有一个人是最合适的，兽医站的那个小兽医本身就是搞畜牧业的，一不贪污二不搞女人，他给母猪治病都比你们严肃！这个一把手真的只有一只手，另一只手在河里炸鱼时被雷管炸断了，肩膀下面的一条袖子空荡荡的，大风吹来猎猎飘动，小城的人都叫他独臂青天。鹬蚌相争，天降馅饼，咣的一声，好东西被小兽医捡着了，把个何秋生高兴得不行。但他觉得好事应该成双，独木不能成林，如果能够再去一人他就更高兴了，那个人是谁呢？当然是目前正给张老汉看黄酒摊子的孤儿，他在老坟院里杀鸡喝酒对天结拜的弟兄胡春来。

何秋生找到张老汉的黄酒摊上，看见胡春来低头拿着一只竹筒做的酒提子，正给卖熟肉的李寡妇打黄酒，李寡妇手里捏着一张红色的钞票，说是还差一角五分钱，胡春来劈手把递过去的黄酒又收回来，要她凑够了钱再来取，李寡妇死磨活缠，软硬兼施，一会儿转身就走说是不要酒了，一会儿又回到摊前要胡春来去吃她的熟肉。双方不能达成协议，何秋生就直着脖子走过去，从兜里掏出一角五分钱补给胡春来，转脸对李寡妇说，还不提着快走，我们两个有好事要商量！李寡妇得了便宜，定睛一看，认出是小时候偷她白公鸡的那年轻人，提了黄酒边走边感叹，这个大脸娃子，想不到长大懂事了啊！胡春来认为这一角五分钱是何秋生替李寡妇给的，丝毫不领他的情说，谁要你帮她出钱了，多管闲事！有什么好事跟我商量？何秋生说，街道有一个上大学的名额，他们推荐我去！胡春来说，原来你是来对我炫耀这个！何秋生说，我不是想对你炫耀，我是想让你也去！胡春来不相信说，明知道一个名额不能去两个人，你才故意这么说！何秋生赌气道，那样的话我就不去了，让给你去好不好？胡春来仍不领情道，你以为大学生是黄酒和熟肉，能够随便交换的呀？何秋生说，我们可以找到一把手，说出为什么要交换的理由。胡春来说，你要真想交换，你就自己去说，免得我落下一个不仁不义的罪名！何秋生说，自己说就自己说，不然你就认为我是一个说假话的人。

何秋生瞒着二老爹娘，找到决定他去上大学的一把手。一把手听他一条一条，慷慨陈词，提出了为什么要把自己换成胡春来的理由，他说胡春来的出身比他更好，更值得党的培养，也更需要党的同情，他家还是三代兽医，胡春来家却是五代贫农，他家还有爹娘爷爷，胡春来家却死得一个亲人也没有了！何秋生说着说着嗓子变音了，泪水在眼眶里面滴溜溜打转，这种表现实在是太不寻常，也太不正常了，以至于使经验丰富的一把手感到了可疑，猛地一拍桌子道，你说的这人是不是给你了一笔钱，要买你这个上大学的指标？何秋生吓一跳说，他哪里有钱，他连饭都没有吃的，他连学都不能上了，他去给张老汉卖黄酒去啦！一把手很久没有见过这样的青年，很久没有受到这样的感动了，他站起身来，叹一口气，拍拍何秋生的肩膀说，小兽医，你知道这个机会有多么宝贵吗？既然你讲义气，做好事，是个雷锋式的好青年，那么党就成全你吧！何秋生听着一把手的这段话，觉得如果掐头去尾，中间几句有些似曾相识，那是在他七岁时送给胡春来死猪肉吃，他娘气得揪他的脸，他爹出来劝他娘时说过的话。

炸鱼断了一只胳膊的一把手金口玉言，说话算话，转眼间就把何秋生的名字换成胡春来，想再换回来都不行了。何秋生回家死活不说，二老爹娘被蒙在鼓里，还在一心一意给他准备着去上大学的行李。他娘听说省城的冬天很冷，大风刮得好似鬼叫，就给这个大学生儿子缝了一床厚被子，新被里新被面，中间装了十斤新棉花。他爹从街上提回十斤猪肉，要让大学生儿子一次吃个够，这回不再是死猪肉了，而是从人家的杀猪刀下夺过来的。开学的时间到了，小城人民敲锣打鼓吹唢呐放鞭炮，欢送的却不是何秋生，而是何秋生的同学胡春来。胡春来胸前戴着一朵大红牡丹花，笑嘻嘻地走在夹道欢送的队伍中，何秋生跟在他的屁股后面，脸上的笑容比胡春生还要灿烂。他娘首先控制不住自己的手了，扒开左右人群，冲出欢送队伍，在锣鼓唢呐鞭炮以及众人的惊叫声中，一把揪住何秋生的半边脸，把他从夹道中揪了出来，哭着骂道，明明是人家考上了大学，你回家说是你考上了大学，被子都给你缝了，猪肉也给你吃了，你这个不要脸的东西，别人你比不上我想得通，怎么你连胡家拐大爷的那个混账孙子也比不上啦！

现在何秋生已经长成一个高大的青年，比他的兽医爹还要高大，他娘用手去揪他的那张脸时，需要踮起脚尖，还得就着那股劲儿把身子往上一跳。如果公然敢揪他脸的不是他娘，如果是小城任何一个别人，何秋生一定会奋起一掌，打退对方无礼的进攻。但是这人恰恰是他娘，何秋生感到为难了，他只能自卫不能反击，伸出双手拼命地保护着自己又长大了一圈的脸，故意气他娘说，我就是要比不上他！我不光现在要比不上他！我将来还要比不上他！他娘越发用力揪他的脸，边揪边骂，你这个不要脸的东西！你这个不要脸的东西！

何秋生把工农兵大学生让给了胡春来，炸断胳膊的一把手觉得这位青年毫不利己，专门为人，不仅有雷锋的风格，而且还有白求恩的精神，如果把他送到部队去烧炭，将来还有可能培养成为人民服务的张思德。心里才这么想着，在这个寒冷的冬天里，东北的一支部队来人招兵了。一把手优先考虑到何秋生，保送他去了北国的边疆，走时让他享受工农兵大学生同等的待遇，同样敲锣打鼓吹唢呐放鞭炮，组织小城人民夹道欢送。何秋生身穿棉花包似的绿军装，头戴火车头似的大皮帽，胸前挂着一朵胡春来那样的大红牡丹花，一双翻毛大皮靴咔嚓咔嚓地往前迈着，两只胳膊频频摆动，把新军衣磨得呼哧呼哧地响。三年以后何秋生从东北回来了，人说是热胀冷缩，他的那张脸却又冻大了一圈，远看至少是个师长，走近一看连个排长都不是。复员老兵何秋生找不到合适的工作，依然回到他爹的兽医站里。这时候的他娘已经没有能力揪他了，只是坐在他爹身边一个劲儿地说风凉话，早知炊事班长都没当上一个，还不如留在家里给猪治病，三年少说也能治个千把几百头！

第二年夏季天气正热，工农兵大学生胡春来毕业了，这个大学是开学的时候说好了的，从哪儿来还到哪儿去，胡春来这就又回到了小城。胡春来学的是畜牧专业，小城没有对口的机关，相比之下最接近的就是那个兽医站。何秋生父子二人为他举行了一个隆重的欢迎会，热烈欢迎这位畜牧业大学生的光临，鉴于胡春来的亲人已经死光，房子也都卖了，就在这座新盖的小楼腾出一间药房，让他白天上完了班，晚上就在这里面洗脚睡觉。何秋生的高兴是在心里，他想的是人生何处不相逢，命中注定，从今往后，两个结义兄弟又可以在一起了！何秋生爹的高兴却在脸上，他走遍了小城附近乡村所有养猪养牛户，几乎喜欢所有人家的小孩，唯独不喜欢胡家拐大爷这个好吃懒做的孙子。从小就不喜欢，长大更不喜欢，除了不喜欢他好吃懒做，还不喜欢他低头走路，扬头的婆娘低头的汉，这两种人物他见了害怕，而胡春来一走进这个兽医站，就低着头在屋子里面蹀来蹀去。而且在胡春来走后的日子里，何秋生的爹终于知道了事情的真相，原来胡春来这个工农兵大学生，是自己的儿子死乞白赖让给他的。现在事情过去多年，生米已经做成熟饭，吃进肚里拉出一个低头走路的大学生来，儿子吃了大亏无法弥补，要补只能亡羊补牢，往后不能再吃亏了。何秋生的爹告诉何秋生，这人你得提防着点，低头走路，不像好人！何秋生听了大笑不止，他从小走路都是低着头的，他怕摔跤，他怕蛇咬。何秋生的爹觉得大势所去，长叹一声道，你这个糊涂蛋哪，你就等着摔跤，等着蛇咬你吧！

　　说的是学畜牧专业，胡春来却没好好攻读这方面的书，他只是一个劲儿地写申请，一个劲儿地作汇报，后来他就进入了党组织。现在他分回兽医站里，跟何家父子见过了面，住进药房，低头在屋里踱了几圈，忽然发现了一个严重的问题，他发现这个兽医站没有理论学习小组，这怎么行呢，这无论如何是不行的。当天夜里他怀着不平静的心情，给小城党委写了一封信，要求立即成立这个组织，以便学习有关理论。三年前炸断胳膊的一把手此时已经离开小城，去市里给自己安装了一根假肢，也就是不锈钢和橡胶组合的人造胳膊，安装完毕顺便就留在市里，在一个部委当了个二把手，小城原来的二把手趁机升成了现在的一把手。现在的一把手对现在的胡春来的印象，比过去的一把手对过去的胡春来要好得多，虽说是当年何秋生顶替了自己的女儿，胡春来又顶替了何秋生，但他并不记恨他们，甚至连已调到市里的当年一把手他都不恨，恨只恨当年的三把手，是当年三把手的儿子跟他女儿竞争这个名额，由此引起当年一把手的反感,一怒之下才把这个名额给了别人。现在的一把手不仅不恨这个毕业回城的工农兵大学生,而且还要器重他,支持他,培养他,收到他的来信当天就做出决定,批准这个兽医站成立理论学习小组,并且增派一名优秀的女青年,理所当然,就由胡春来担任理论学习小组的小组长。

增派来的女青年名字叫作孙春花,非常巧,巧极了,她就是现在一把手党委孙书记的女儿,那个当年没能去上工农兵大学的女高中生。没能去上工农兵大学的孙春花一直坚持着不恋爱,不结婚,不做影响前途的任何事,一心等待着机会的到来。一把手爹的这项决定,对胡春来与其说是送来一个兽医,不如说是送来一个媳妇,送来一个给一把手做女婿的非常大的可能性。于是胡春来和孙春花开始学理论了,学着学着,果然不久就学成了一对,但是要在兽医站建立理论学习小组,一对不行,至少还得一对半,孙春花便对胡春来提了一个上佳的人选,这人就是他的同学好友何秋生,作为一名兽医,何秋生业务水平再高也不行,还得有一定的政治理论水平。孙春花一到这里就听人讲了何秋生为猪牛行医的故事,这些年来何秋生继承和发展了何氏家传的兽医事业,为猪牛治病的技术已相当高超,他甚至能像中医对待病人一样,用三根指头给猪牛把脉,找出病源,说出医理,使用针灸之术,解除它们身体的痛苦,还能用麻醉药把它们的病体麻倒之后开膛破颅。小城附近有个读过书的养牛户送了他一面锦旗,上面写着"兽医行当的小华佗,猪们牛们的大救星",因为那家养牛户的一头老母牛倒在圈里四肢直抽,嘴里狂叫,脑袋在牛栏上哪哪乱撞,眼看就要跟它肚里的小牛犊子同归于尽,这时候何秋生赶到了,命人将这头痛苦的老母牛一绳子捆起来,给它把过脉搏,看过舌苔,然后在额头上噗地锥了一针麻醉药,从药箱里取出一把亮晃晃的斧子,照准牛头一斧劈去,掏出里面一串小软蛋似的东西,再将牛头用针线缝好。弹指一挥间,老母牛哞地叫了一声,一头站起来去嚼裹着黄豆的稻草包了。不到年底,这头劳苦功高大难不死的老母牛,又给这户人家生下一只小牛犊。由此何秋生的名声大振,小城附近的养猪养牛户们无不认为他青出于蓝,后来居上,本事赛过了他的爷爷和他的爹,不久的将来,就是这个小城兽医站的第三代领导人了。

但是胡春来低头在屋子里踱了几圈,停下脚来回答孙春花说,不,我不同意何秋生同志加入理论学习小组,何秋生同志不像是干这个事的人,这个小组也许就是未来的党小组,它的成员应该是党员和预备党员以及党员发展对象,这跟救不救活一头老母牛完全是两码事,如果是组织需要必须发展一个成员,我看与其发展何秋生还不如发展何秋生的爹。孙春花开始一愣,接着就吃透了胡春来的精神,何秋生的爹已经五十多了,如果在兽医站也推行退休制度,再过几年,就该像何秋生的爷爷一样退出兽医的舞台，而把站长的位子腾出来，让给这个畜牧专业毕业的工农兵大学生了。兽医站未来的党小组于是就成立了，组长是胡春来，副组长是孙春花，唯一的组员是老兽医何秋生爹，声名远播的兽医骨干何秋生一个人被关在大门外面，一清早就背着药箱出去给猪牛治病。不会给猪牛治病的胡春来非常重视理论的学习，每天都把包括自己在内的三个人召集在一起，认真学习几个钟头，念念这一本书，读读那一张报，最后围绕那些印得黑乎乎的东西一人说一通话。当他们坐在一起学习理论的时候，何秋生一个人跑了东边又跑西边，南边的事情还没做完，北边又呼呼地派人来请他了。

　　从北边村子赶来的使者，是方圆百里名气最响的养猪大户的小女儿，户主姓宋名二瓜，一家养了一百零七头猪，村里人将他跟猪合并一起，称作一百单八将，正好宋二瓜姓宋，梁山寨主宋江就是他了。宋二瓜不仅是全城的标兵，而且还是全市的模范，一向走运的标兵模范宋二瓜最近突遭挫折，一头功勋卓著的种猪率先倒下，不吃不喝，口吐白沫，接着追随它的是六个妻子，症状跟它们的老公一般无二。宋二瓜一见零数出了问题，病情正向整数蔓延，火速派女儿去向兽医站搬取救兵，兽医站里学习空气正浓，胡春来等着大家都发了言，自己做完工作总结，这才让宋二瓜的女儿去找在外出诊的何兽医。宋二瓜的女儿找到天黑，终于在南边的村子里找到了何秋生，这位连续作战的兽医刚给一头病牛做完手术,两手都是牛血,大白脸上也溅满了红点子,宛如雪地上怒放着一树梅花,一听来人说话拖着哭腔,钱也不要了,饭也不吃了,手也不洗了,血糊糊的手往裤腿上一抹,背上药箱跟在梁山寨主的女儿身后就走。

六条小母猪虽然被救活了,一头种猪却不幸遇难,兽医行当的小华佗和病猪们的大救星无比的惭愧,深感对不起这位梁山寨主,直恨自己来迟了一步。宋二瓜却一点儿也不怨何秋生,怨只怨胡春来领导下的兽医站。宋二瓜问,你们兽医站过去几个人?何秋生说,两个。宋二瓜问,现在几个人?何秋生说,四个。宋二瓜问,过去多还是现在多?何秋生说,二瓜叔开什么玩笑,二加二才等于四,现在不是比过去多两人吗?宋二瓜说,你答得不对,应该是二加二再减三,现在比过去还少一人!何秋生明白了对方的计算方式,这个梁山寨主计算得这样正确,难怪他能统领一百单八将,难怪他能做养猪的标兵和模范。这么正确的计算方式是他付出一头种猪的代价换来的,因此可以说是来之不易,弥足珍贵。何秋生在宋二瓜家洗了手,吃了饭,收了钱,临行之时对他表了个态说,二瓜叔,放心吧,这样下去的确是不行的,我得给我的站长弟兄提个意见。

何秋生认为宋二瓜提出的问题很尖锐,很深刻,对目前的社会现象很有针对性,他不仅是懂得猪,而且还懂得人,懂得用简单的数学来解答复杂的社会，如果他不是一个养猪户，而是一个小城的一把手，他肯定能把这里所有的事像养猪一样，做得头头是道，合情合理。何秋生回到家里一夜没有睡好，第二天清早提前来到兽医站，来给他的结拜弟兄提意见了。

胡春来和孙春花已经以站为家，白天在里面吃饭，在里面学习，夜晚在里面继续学习，学习够了然后在里面睡觉。虽然胡春来半夜里想省出一间房子，把两人的身体安排在一处，孙春花却坚持闭关锁国，睡觉时把房间插得铁桶一般。清早起来，打开大门，两人正在一个池子里刷牙洗脸，何秋生就进来了，当着孙春花的面对胡春来说，春来，有句话我要提醒你。胡春来低头刷着牙说，好哇好哇。何秋生说，我觉得你们只会学习，不干正事，这种搞法是不对头的。胡春来刷得慢了一些，扭过脸问，怎么个不对头？何秋生说，还用问吗？兽医站，兽医站，这个站是给牲畜看病治病的，如果只会坐在那里学习，恐怕往后在人前就站不起来了！一坨白沫从胡春来的嘴里扑哧掉了下来，胡春来突然不刷牙了，也不像过去一样叫他秋生了，而是严肃地白着一张嘴说，何秋生同志，恰恰你的这种想法是不对头的，是幼稚可笑的，你自觉得是一个好兽医，然而你只会给猪牛治病，却不会给自己治病，你是一个有病的人，一个真正的好兽医是应该首先为自己治病的。何秋生瞪大眼睛，看着胡春来沾满牙膏沫子的两片白嘴，觉得好像不认识这个人，也听不懂这个人嘴里说的什么话了。胡春来发现何秋生是真的不懂，就把一张白嘴转过去问孙春花，你说我说得对不对，孙春花同志？孙春花匆匆忙忙地洗着脸说，对，对，对。

何秋生发觉自己不仅不懂胡春来，他连他自己也不懂了，原来他是一个不好的兽医，是一个想法不对头的幼稚可笑的人。他怀着一种茫然的心情，默默地离开了胡春来。若干年后，小城的兽医站引进退休的制度，年满六十的何秋生爹按照原则退出了兽医的舞台，胡春来接替他当上了兽医站的第三代领导人，通过小城现在的一把手，站里又调来一个热爱学习的小青年。

3

何秋生决定坐车去市里卖脸，是因为他的结拜弟兄胡春来已将他逼到绝境，逼他离开了何氏一家经营了三代的兽医站。胡春来在逼走他的时候还挖苦地说他脸大，建议他用这张大脸去挣饭吃。何秋生就赌着这一口气，真的要用这张大脸去挣饭吃，挣给胡春来看一看了。

这项决定却差点遭到老婆的破坏。何秋生的老婆只读了三年书，却比读了十年书的何秋生把面子看得重，小城人所说的面子，其实也就是脸，老婆觉得脸是人身体上最重要的一个组成部分，它代表着一个人，标志着一个人的人格，不管是男是女，是老是少，人活一张脸，树活一张皮，这么重要的一张脸怎么能够拿去卖呢？何况就是脸能够卖，这世上又有谁来买脸，把脸买去干什么呢？人又不是猪，如果是一张猪脸，在街头张寡妇的熟肉铺里用红糖卤一卤，还能跟猪耳朵一起卖出去给人下酒，可是人脸有什么用？何秋生的老婆名叫宋小丫，就是那个冬天请何秋生到她家去抢救病猪，一家养了一百零七头猪的梁山寨主宋二瓜的女儿。就在那个冬天的夜晚，宋二瓜跟他的女儿宋小丫看上了一脸猪血的何秋生，第二年的春天，胡春来跟孙春花隆重结婚，何秋生心想他俩同年出生，春来结婚自己也结一个婚吧，于是就跟宋小丫也把婚结了。

　　胡春来结婚的时候，何秋生和宋小丫送了他们一对枕头，上面绣着两只卧在水上的花鸳鸯。何秋生结婚的时候，胡春来和孙春花送了他们四卷毛选，雪白的封面上套着一层鲜红的塑料皮。孙春花生女儿的时候，何秋生和宋小丫送了他们一套小棉衣，上下连在一起中间露出个洞洞可以撒尿。宋小丫生儿子的时候，胡春来和孙春花送了她一本毛选第五卷，刚刚出版发行的新书。胡春来跟何秋生之间，除去工作上不断地有些别扭，生活上的关系还是不错的，特别是在政治上，胡春来对何秋生非常关心，反复叮嘱他要加强学习，紧紧跟上时代的步伐，不然总有一天会迷失方向，把自己给弄丢了。何秋生不明白自己这大一个人怎么会丢，他感到胡春来的话实在可笑，但还得对他的关心表示感谢。何秋生说，春来，我们是兄弟，我感谢你对我的关心，可是我希望你往后别再这么关心我了。胡春来说，同志之间，我有责任关心你。他把责任两字说得很重，证明他的责任是很重的，说时低头望着脚下，说完伸手拍了拍他的肩膀。

何秋生发冷似的打了一个哆嗦，身上立刻鼓起一层鸡皮疙瘩。他不习惯胡春来叫他同志，也不习惯胡春来拍他肩膀，他觉得别人都能这样，唯独胡春来不能这样。甚至他一想起胡春来说话的语调，说话的表情，特别是低着头的阴沉样子，身上就会发冷似的打一个哆嗦。有一天何秋生决心要摆脱这一切，从这住了他一家三代的兽医站里走出去，独自从事兽医工作，谁也别想再来管他，他用他给猪牛治病挣得的钱，养活自己和老婆以及儿子。但是他的话刚出口，胡春来又真诚地留住了他。胡春来说，何秋生同志，你怎么会产生这样的念头呢？一滴水离开了大海，很快就可以干枯的！何秋生说，什么大海，一个屁眼儿大的兽医站，连半碗水都不够，我不信离开了它就会干枯。胡春来说，如果你不会干枯，那么我们就会干枯，因此不管怎样你都不能离开，自从我在这里担任站长之后，这里已经建立健全了领导制度，你不经过领导同意擅自离开，领导也会收回你的兽医证，不会让你成为一个自由兽医的。何秋生听胡春来一口一个领导，不由得愣了一下，然后就知道从现在起,或者从欢迎他来的那一天起,他也不再是自己的结拜弟兄了。此前何秋生还不习惯胡春来叫他同志,现在他们却连同志都不是,胡春来完全成为他的一个领导了。看来胡春来什么事情也不会做,却独独会当领导,会管制什么事情都会做的人,能够研究出一种厉害的手段,把兽医和兽医证以及兽医站三位一体地绑在一起,让他即便无政府主义地走了,也没有资格给猪牛行医,苦海是无边的,最后还得回头是岸。这样一来,兽医何秋生就成了一头困兽,被胡春来牢牢地困在兽医站里了。何秋生忽然想起他们两个小的时候,挂着两条绿色鼻涕的胡春来,能用碗里的烂白菜帮子换他碗里的死猪肉,能让他拼出命来把人家手里的浆粑馍抢给他吃,那时就已经露出领导的才干了。

终于有一天,两人翻脸了,那是又过了几年之后,在胡春来召开的一次兽医工作会上。与会的有从市畜牧局请来的专家,有从小城党委请来的领导,余下就是孙春花和何秋生,还有上面新安排来的两个小兽医。胡春来刚刚念完第一页讲话稿,胡春来念道,随着时代的发展,社会的进步,人民生活水平的提高,目前兽医站工作的重中之重,应该从猪的身上,从牛的身上,转移到狗的身上。因为有一个调查统计数字表明,目前这个小城以及小城附近的乡村也跟全国一样,在喂养领域出现了四少两多,四少即吃肉的人少,养猪的人少,耕田的人少，养牛的人少，两多即闲玩的人多，养狗的人多。随着饥饿年代的结束和农忙年代的过去，伙食大为改善的猪和劳动大为减轻的牛已很少生病，而狗作为人们的朋友和宠物，却由于种种不可知的原因，常常染上一些莫名其妙的疾病，因此请示了上级党委和市畜牧局，根据市场需要，决定从即日起，将目前的兽医站改为宠物……念到这里胡春来翻了一页，又念出下面的"医院"两字。这时候，坐在墙角落里的何秋生站了起来，他早已不把胡春来叫兄弟了，他早已把胡春来叫胡站长了，他叫胡站长时样子有些古怪，声音也很夸张，鼻腔里充满一种讥讽的味道。何秋生说，胡站长，你只想着请示这个请示那个，你怎么不想着还要请示一下我们，请示一下方圆十里的猪们牛们，你真是个胡站长，一天到晚坐在站里胡思乱想，看不见猪看不见牛，看不见我背着药箱到处走，只从电视里看见那些癞皮狗！

所有在场的人都听着一愣，胡春来愣得与众不同，手直发抖，刚翻起来的那一页稿子又抖回原处。胡春来说，何秋生同志，虽然你没上过大学，中学却还上过几年，老师没告诉你请示一词所指对象是上级，而不是下级吗？何秋生听胡春来说到上大学，就想起他的那个工农兵大学原本还是自己让给他的，又听他说到老师，更是想起小时上课自己教他回答老师问题的事来，居然放肆地问道，是不是你把下级都当成猪，什么事都不让他们知道,而只有你才是上级的宠物,想怎么办就怎么办?胡春来面对他的公然挑战,足有三分钟没有回答,何秋生以为他是回答不上来了,正要替他回答,沉默到第四分钟的胡春来突然把手里的讲话稿往桌上一扔,厉声吼道,好你个何大脸,你不要认为你的脸大面子就大,领导的决定也敢反对!何秋生手里没有稿子可扔,却也厉声吼道,你这个狗站长,你不要认为你是狗,就把兽医站也变成狗站!胡春来站了起来,一拍桌子,何大脸,我看你是不要脸了!何秋生豁出去了,也一拍桌子,狗站长,我看你早就不是人了!

　　情况发生了意外的变化,兽医工作会看来是开不下去了,何秋生骂完这一句早就想骂的话,出完这口早就想出的气,双手做了一个解皮带的动作,提着裤子朝门外走去,意思是告诉在座的领导他要去上厕所,并且不是撒尿而是拉屎,他肚子里的屎都气出来了。副站长孙春花在他背后连声喊着,何秋生同志!何秋生同志!何秋生同志头都不回,孙春花起身追了几步,见他身子已经进到男厕所里,她也就不能再前进了。足足过了半个钟头,等何秋生一泡屎拉完重新回到会议室,市畜牧局的专家和小城党委的领导都不在了,两个新来的小兽医也不在了,只有胡春来一个人坐在那里低头抽烟,看样子是在等候着他。胡春来的情绪已经平静下来,脸上微微地笑着,对他招招手说,何秋生同志,来,来,来,坐,坐,坐,坐下我们好好地谈一谈。何秋生就迎着他走过去，屁股咚地一响，坐在他对面的座位上。

胡春来给何秋生递了一支烟，何秋生接在手里又放在桌上，胡春来又给他倒了一杯水，也放在他的面前说，何秋生同志，有句俗话不知道你听说过没有，斑鸠嫌树斑鸠飞，树嫌斑鸠斑鸠飞。何秋生接着水来喝了一口说，听说过，你把它用到这里意思是说，不管是我讨厌你还是你讨厌我，结果都是我走对不对？胡春来说，你可以这么理解。何秋生说，但是在走之前我得声明一点，我不是斑鸠。胡春来说，你想当什么？何秋生说，真是三句话不离本行，开口就是想当什么，当初如果我想当什么，你可能就什么都没当的，还在给街尾的张大爷卖老黄酒吧？不过等着张大爷一死，你会把他的黄酒摊子占过来，当一个卖黄酒的小老板。胡春来摇了摇头说，你还是没有完全把我搞懂。何秋生说，难道你不忍心占他的摊子吗？胡春来微微一笑说，我为什么还要等到他死呢？何秋生咬着牙说，现在我终于把你完全搞懂了，搞懂了我爹跟我都是张大爷，都是斑鸠。胡春来依然微笑着说，我的理解能力自然比你强，你说的是凤落鸠巢，是我来把你们何家的兽医站给占了。何秋生说，刚才你问我想当什么，我忽然想起自己想当什么了，我想当一只啄木鸟……胡春来不等他说完就接过去说，想把我这只害虫给消灭了对吗？可是你真是太糊涂了，你怎么也不想一想，在我们这个国家，在我们这个时代，像我们这一种人，你想消灭就能消灭得了吗？所以你还是只好当你的斑鸠，这次我成全你，你飞了吧。

何秋生想起了几年前，他要走胡春来不让他走，现在他不想走了，他想继续留下来，坚持跟胡春来作斗争，不许他们把兽医站变成宠物医院，把服务的对象由猪变成狗，因为他从小就讨厌狗，讨厌人养狗，讨厌像狗一样被人养着的人，但是他不想走胡春来却要赶他走了。何秋生站起身来，一时想不出合适的话，竟对胡春来骂了一句，你这个不要脸的狗东西！胡春来居然一点也不生气，反而乐得哈哈大笑，何秋生同志，事实可以证明我们谁个是狗谁个是人，谁个要脸谁个不要脸，当我的宠物医院办起来的时候，但愿你不会厚着一张脸皮到我这里来求职。你的脸大，你是方圆十里有名的一张大脸，你下了岗可以用你的这一张大脸去挣饭吃呀！说完这话，胡春来收起挖苦的笑容，起身走到何秋生的面前，跟他友好地握了个手，然后扔下他走了出去。

就这样，何秋生离开了他一家三代苦心经营的兽医站。这时候他那一听猪叫脑袋就疼的兽医爷爷已经死了，只剩下他已退休的老爹是个同行，何秋生瞒着老婆宋小丫，首先回到爹妈家里，把这事告诉了他的老爹，他的兽医老爹一听满脸发紫，破口大骂。兽医老爹不会使用引狼入室这个词，他咬牙切齿地骂着，胡春来呀胡春来，你这个胡家拐大爷的杂种孙子，你这条钻进兽医站里的白眼狼！骂了胡春来又骂何秋生，何秋生哪何秋生，是你这头蠢猪把他喂大，又是你这头蠢猪把他引进来的呀！然后只见嘴动却骂不出声了，脸色发白，眼睛发直，突然双手按着脑袋，身子直着往后倒去，症状跟何秋生的兽医爷爷一模一样。转眼之间，何秋生不仅失去了一只饭碗，而且大有可能连爹都失去，他娘立刻感到了生活的危机，过去饥饿年代的可怕记忆，一下子像放电影似的在眼前放出来，二话不说，转身从厨房里拿起一把菜刀，就要出门去杀白眼狼，何秋生丢下他爹又追他娘，一把将他娘手里的菜刀夺下来了。

何秋生说，你去杀狼，只怕你还没走到狼的面前，就被这条白眼狼把你脖子给咬断了，别说是你一个妇道人家，就是我爹加我再加我的儿子，三个男人也斗他不过，不是他的本事大，是他把权力搞到了手，本事自然就大了！天无绝人之路，倒是这条白眼狼的一句话提醒了我，他说我是方圆十里有名的大脸，我下了岗可以拿我这张大脸去挣饭吃呀！何秋生的娘大声哭道，你是被他气疯了吧，你的脸再大也不能拿脸挣到饭吃！何秋生说，能挣到饭吃的，他一说拿我这张大脸去挣饭吃，我当时就想起一件事来，我想起我在东北当兵时看过一本画报，上面有一个美国人，美国爱荷华州德威特市的，名字叫作斯万森，他要把他的一张脸卖给别人做广告，人家给他十万美金他还不卖,十万美金相当于我们八十多万人民币,有这八十多万人民币还愁没有饭吃?为什么美国人能够卖脸,我们中国人就不能卖脸?我在那本画报上看见,那个斯万森的脸看起来大,其实并没有我的脸大,美国人的大鼻子要占去不少的面积,我这一张大脸的利用率比他要高得多,写广告少说也要多写几行字,到时候等我卖脸挣了钱,那个白眼狼的宠物医院开不下去了,上门求我给我磕头,磕死我也不会再理他了!

他娘一边哇哇地哭,一边瞅着他的这张可怜的大脸,哭着瞅着,这张可怜的大脸变得可疑,瞅着哭着,这张可疑的大脸又变得可怕。她觉得儿子的神经出问题了,就使劲地跺着脚,好像要靠地壳的震动把儿子的脑袋震醒过来,一边跺脚一边喊着,我看你是被白眼狼气疯了,眼睛都是红的,出口净是疯话!何秋生说,我说的哪是疯话?我怎么会疯?胡春来疯了我也不会疯的,有一天我还要去治疗他这条疯狗呢!他们娘儿俩这么说着的时候,他爹一只手捂着头,一只手撑着床沿爬下来,帮她骂着儿子道,你早说他是一条疯狗,我们就是不忍心打它,也可以绕着它走,不会让它咬了我又来咬你,如今说什么都晚了,你说它是一条疯狗,人家看着它是一个站长,气得你跑进市里卖脸,人家反说你是一条疯狗!他娘一听卖脸又来了气道,你人是我生的,脸也是我生的,这张脸你不要了我还要,你就是想卖也得先通过我这个娘!小时候我骂你不要脸,想不到你长大了真的不要脸了！你要敢去卖你这张脸，我连我这条老命都不要了！

但是何秋生已打定主意，不怕爹骂也不怕娘吓，回到自己家里，继续瞒着老婆宋小丫，第二天早早起床对着镜子，把自己那张大脸照了又照，在水龙头下洗干净了脸上的眼屎，就去儿子的书包里寻找纸笔和墨水。何秋生的儿子正读中学，长得就像当年读中学时的何秋生，看见儿子书包里的中学课本，何秋生不由得触景生情，想起他跟胡春来一同上学的往事，心里涌起一阵悲伤，恨不得现在就告诫儿子，要他对那些表面上看着可怜巴巴，却藏着一肚子坏水的同学倍加小心，千万不要同情，万万不要上当，以免将来悔青自己的肠子。不过他想了又想，话到嘴边又缩了回去，他怕儿子不听他话，就像当年他不听他二老爹娘的话一样。

他从儿子的作业本上撕下一页白纸，用钢笔在上面写了四个字：我要卖脸。何秋生的钢笔字写得不错，正楷中带有一点行书的味道，他下功夫练过当时流行的钢笔字帖，读书的时候老师就很欣赏他的字，而对胡春来的字表示藐视，说那是鸡爪子在地上爬出来的。但是今天他提起笔来，心潮起伏激动难平，手里的钢笔一晃一晃，笔尖没有准头地落在纸上，最后一笔竟把那张白纸戳了个洞。儿子未曾理解他爹这次行动的意义，见那作业本被撕下一页之后，整个一本都散了摊，好好的笔尖也戳歪了，心疼得嘴里咝咝直响，却不敢发一句牢骚，望着他爹那张沉重的大脸，嘴里忽然蹦出一句有弦外之音的话，写字这么用力，真是力透纸背啊！何秋生生气地扔了笔，借题发挥道，是你的纸不结实，比不上我们那时写字的纸，如今什么都是假冒伪劣，纸也是，本子也是，兽医也是，当官的也是！

　　何秋生的儿子是个好儿子，原名何小生，老兽医爷爷给他取的。上中学时受政治课老师的影响，自力更生地改名何大志，很快就加入了中国共产主义青年团，现在是年级团支部的副书记，正书记由政治课老师兼着。何大志一听他爹把问题上升到政治，什么话也不敢再说，赶快把散了摊的作业本和尖子戳歪的笔塞进书包，往背上一挎，骑上自行车就去上学了。车子快要骑到学校门口的时候，何大志突然想起一件事来，他想他爹卖脸如果卖到学校门口，被同学们知道这人是他的爹，他的脸可就跟着一道丢了。自从他当上了团支部副书记，班上有一个想加入团组织的漂亮女生爱上了他，每次入团申请书都悄悄递到他的手里。他计划着一边发展她入团，一边跟她谈恋爱，可不能因为爹卖脸而影响儿子，他不仅丢脸还会丢人，把那个想入团的漂亮女生给弄丢了，那可就实在太可惜了。

4

　　何秋生是不会到儿子的学校门口去卖脸的，倒不是怕对儿子产生负面影响，而是知道学校根本就不会买他的脸。学校不是生产企业，不做商品销售广告，每年夏秋之际招一次生，学生家长只怕自己的儿女报不上名。何况儿子读书是在小城的中学，自己卖脸的地点却基本确定在三十公里以外，市中心某个人多的场所。当然，在这件新生事物出现之后，消息从市里返回小城，万一被儿子的女同学们知道，他也只好对不起这个胸有大志的儿子了。何秋生目前已顾不了这么多，他只是要去卖脸，要把胡春来挖苦他的话变成事实。

从他家里到码头上去乘车，必须从兽医站前的那条街道经过，他远远地站在街上，看见两个新来的年轻人爬上梯子，已经把兽医站的黑木牌子摘了下来，正把宠物医院的黄铜牌子往门头上举着。胡春来站在梯子下面，平时总爱低着的头现在昂起来了，有点过度地往后仰着，指挥他们把牌子钉在什么位置。牌子换得这样及时，说明胡春来在开会之前就把牌子做好了，何秋生望见那块扔在地上的黑木牌子，心头不禁涌起一阵酸楚，随着这块木牌的摘下来，随着那块铜牌的钉上去，小城附近乡村的猪们牛们往后有了三病两痛，再也没人给它们治了。这个世界已经发生了巨大的变化，牛活着是为人耕地种粮，猪活着是给人杀了吃肉，可是有些人吃了它们种的粮，吃了它们长的肉，却不喜欢它们，而喜欢什么也不做的狗，连给猪们牛们治病的兽医站都不要了，改成给狗治病的宠物医院。

133

那些吃屎咬人的狗东西们居然红了起来，成了宠物，身上穿着一些华丽的衣服，要么被吃饱了没事干的女人抱在怀里，要么被一根链子牵在她们的屁股后面。每天用浴液给它洗澡，洗感冒了打个喷嚏，有人会流着眼泪喊它宝贝儿，开车送到宠物医院请医生拍片子，肺部有了阴影还要住院。宠物医生，一个时髦的名字就这么应运而生了，其实不就是狗医生吗？

何秋生正为猪们牛们抱着不平，忽听得背后哞的一声，蓦然回首，一个放牛娃牵着一头小牛从他身边经过。小牛的身上像披着一张金黄的缎子，随着四蹄的前进，在清晨的太阳光下一闪一闪。何秋生觉得这头小牛长得有些面熟，怀疑是他救活的那头老母牛生下来的，只是这个放牛娃不是送他锦旗的那户人家的孩子，如果是那户人家的孩子早就会认出他，亲热地喊他秋生叔了。这么说这头小牛也许是生下来后卖给了别人，放牛的也就成了别人的孩子。何秋生就这么感慨着，小牛从他的回忆中走了过去，他凝望着小牛金色缎子似的扭动的屁股，心想你可千万别像你娘那样生病，如果生病可就没人给你治了，从今天起，这里再也没有了从前的兽医，有的只是狗医生了。何秋生从小牛的屁股上转过眼来，眼里已经涌满了泪花。他看见那块崭新的黄铜牌子，被胡春来指挥着钉上了门头，在清晨的太阳下闪动着金色的光芒。铜牌上的宠物医院四字，一看就知道是镇上现在的一把手，也就是孙春花爹的字体。孙书记是市书法家协会的理事,自从那位炸断了一只胳膊的一把手装完假肢调到市里之后,镇子上就挂满了孙书记写的各种匾牌,据说他的字是八百五十块钱一个,他一年光写牌子少说要挣十多万元的笔润,很多人说他的字还不如何秋生的好,可是何秋生所在的兽医站却要高价买他的字,何秋生却不能卖字,何秋生只能卖脸。

何秋生乘车来到市里,一上大街就从兜里掏出那张写字的白纸,用两手展开横端在胸前,在大街上的人群中走来走去。他这样子迅速引起了行人的好奇,人们开始是扭过头来看他,接着是停下脚来看他,再接着就是围成圈子来看他了,一边看一边互相议论着,并且向他提出各种的问题。一位手里握着一把红穗飘飘的宝剑,看样子刚从公园练罢了功的老者,嘴里念着他写在纸上的"我要卖脸",凑上前来问道,你这脸倒是一张好脸,又大又白,可是你怎么个卖法,别人买它干什么呢?何秋生胸有成竹地回答,当然是给人做广告了,比方说您是生产健身器材的厂家,您就可以在我的两边脸上写上产品的名称,宝剑啦、大刀啦、长矛啦、棍子啦、三节鞭啦什么的,额头和下巴上再写上价格、折扣、厂址、电话,这样我走到哪里给您宣传到哪里,只要是看见的人就可以按照上面写的去批发您的健身器材了。老者提出的问题几乎代表着所有围观的人,一位扎小辫子的男青年拍拍他身边剃光头的小姐说,亏你也是一位行为艺术家，怎么就没想出这样新鲜的创意！剃光头的小姐说，你问他广告费是多少？扎小辫子的青年就问何秋生，这位女艺术家问你，你这张脸要卖多少钱？何秋生早已想好一个数说，三十万。围观的人就哗的一声，有的说贵有的说不贵，还有的说如果按他年龄预计在脸上再做三十年的广告，一年才值一万元，实在是太便宜了。何秋生当众表了个态说，只要是合适的产品，再便宜我也不涨价了。一位戴眼镜的中年男人喝彩似的叫了声好，接着对他提出一个建议道，只是你这张白纸太小，字也不大，前面右拐弯五十米的红绿灯路口有一个字画店，你去那里向店主借支毛笔，在一张大白纸上写下这四个字，双手举着在人群中流动，这样就更加引人注目了。剃光头的小姐受了扎小辫子青年的刺激，一心想着标新立异，别出心裁，就提了个比戴眼镜中年人更好的建议说，你何不把"我要卖脸"四字压缩成"卖脸"两字，索性写在自己的两边脸上，额头写上拍卖价格，下巴写上电话号码，这样也能同时起到示范的作用，让厂家一望而知它的可操作性。

　　何秋生激动起来，想不到市里人这么支持他来卖脸，距离小城仅三十公里，就像来到另一个世界，人的思想素质到底大不一样。他把眼镜男人和光头小姐两人提的建议放在一起，认真地考虑了一下，觉得后者更有道理，决定按光头小姐所说的办，便谢过了大家，把那张写字的小白纸收进兜里，顺着眼镜男人指出的方向，往前面路口的字画店走去。那是一家铺面不大的字画店，虽然不大，却不冷落，一位鹤发童颜的老先生正在当场挥毫作字，旁边和身后站着一些观赏的人。何秋生见老先生的每一个字都写得笔力雄健，韵味无穷，比小城现任一把手的狗屁大字要好得多，好得不可同日而语。但是老先生写完之后，那些站在旁边和身后观赏的人却并没有要买的意思，他们无非是一些看热闹的闲人，何秋生就叹口气想，这字也跟人一样，是跟权力牵扯在一起的，有权力的人写的是个狗屁，也有人掏高价请他去写，写了悬在门上，挂在屋里，印在书中，还让他自己标上是他写的，防止被人认成是谁家小孩子写的了。何秋生叹完了气，随口说了一句打抱不平的话道，如今的人哪里是真看字，他们实际看的是写字的人！老先生眼睛猛地一亮，脸上就有了知音难觅的笑容，搓着一双鸡爪子似的瘦手道，方家是来索取墨宝的？何秋生说，老人家别见笑，我哪里还索得起什么墨宝，连个吃饭的碗都给弄丢了，横竖是没脸见自己的老婆孩子，就只好来卖脸。老先生笑道，老夫今年八十有四，亲眼所见男子卖身为奴，女子卖身为娼，还有为父为母卖儿卖女，却没见过有自己卖自己脸的，别跟老夫逗闷子了！何秋生说，我哪里还有心思跟您老人家逗闷子，我这是现实所迫，无物可卖，想来想去只有爹妈生我一张大脸，可以卖给商家在上面做产品广告，付我些钱回家好养活老婆孩子，本来我是把卖脸的话写在纸上的，刚才有人建议我何不写在脸上，不必用两只手举着，走到哪里宣传到哪里，我就找到这里来了，看见老人家字写得好，想请老人家在我脸上写两个字：卖脸。

为了证明自己所说不假，何秋生从兜里掏出那张写字的小白纸，摊开给老先生看了，又请老先生用毛笔在他额头上写出脸价三十万元，下巴上写出脸主住宅电话。老先生摇头说，真乃天下之大，无奇不有，你这倒真是一张少见的大脸，好吧，恭敬不如从命，我就帮你在脸上写了吧。说罢提笔蘸墨，在何秋生的两边脸上写了"卖脸"两个大字，又在他的额上写了价格，下巴上写了电话，何秋生对着镜子照了照，发现"卖"字上面一个"士"，中间一个"四"，下面一个"贝"，"脸"字左边一个"月"，右边上面一个"人"，"人"下一个"一"，中间两个"口"，下面两个"人"，便对老先生说，老人家写的是繁体字，我如果去香港台湾卖脸就请您写这种，大陆人多半不认识繁体了，还是麻烦您给两个简体的吧！老先生一点儿不嫌麻烦，用宣纸蘸水把他脸上的繁体字擦了，重新写上两个简体字，何秋生对着镜子又照了照，发现"卖"字写在右边，"脸"字写在左边，又对老先生说，老人家写书法从右到左写惯了，如今人认字都是从左到右的，再麻烦您把这两字给我换个边吧！这一次老先生有点儿嫌麻烦了，不肯给他擦去重写，老先生说，没关系的，即便是把左右认反了，将"卖脸"认成"脸卖"也没关系,反正都是一个意思。何秋生想想也是,就不再坚持第二次返工,把手伸进兜里摸索着说,谢谢老人家了,我该付您多少钱?老先生一听付钱,身子便往后面仰去,摆动着鸡爪子似的两只瘦手道,你已穷到卖脸的地步,老夫若收你钱,岂不是趁火打劫了?

何秋生走出字画店,感觉自己这张大脸有些异样,老先生是书法家,写字用的是荣宝斋的上好墨汁,里面含有香料和胶质,写在脸上出门经风一吹,真是近水楼台,一股清香首先飘进自己鼻孔。不过有一利而有一弊,写了字的脸上立刻结出一层壳来,脸皮比过去厚了不少,硬板板的很不舒服,就像这张大脸不是他的,而是别人的一样。何秋生心想从今往后,他就得每天板着这张脸了,那些当官儿的一天到晚板着脸,大概就是因为脸皮太厚,活动起来不方便的缘故吧,想不到他出来卖脸,竟意外地体会到了当官儿的难处。何秋生觉得自己还很幽默,虽然被逼到卖脸的地步,却能乐观地面对人生。他想着有些好笑,但是刚一咧嘴又把笑容收了起来,唯恐脸上的字被笑变了形,害得人家认不出写的是什么,影响宣传效果,对不起自己不说,也对不起免费为他题字的老先生。

这次他走进了一条繁华的大街,街中心的各种汽车响着刺耳的喇叭,穿梭般地跑来跑去,两边的自行车速度慢些,但是数量却比汽车还多。何秋生走的是人行道,人行道边是一家连着一家的店铺，有一家电器商店正播放着一首著名的歌曲，一样的血，一样的脸，一样的什么和什么，何秋生觉得这歌是唱给他听的，劝他不要卖脸，大家都是一样的血一样的脸，为什么别人不卖唯独他要去卖，在别人的眼里卖血的人已经够可怜的，卖脸的人就更不用说了。但是何秋生不受歌声的干扰，仍然坚定地往前走，他看见一些从对面走来的行人放慢了步子，使劲儿地往他脸上望着，见他不仅没有避讳的意思，相反还希望得到人们关注，就得寸进尺地向他围过来，像看一场街头的杂技演出。虽然街心的汽车仍在没命地狂跑，路边的自行车却有不少停下，骑车的人一脚蹬着踏板，一脚踮在地上，伸长脖子看他的脸。

何秋生再一次地被人围在核心，听得许多声音在念着他脸上的两个字，有人果然像他想的那样，从左到右念成了"脸卖"，另外有人就指出说念错了，应该从右到左念作"卖脸"，接着又出现一个老先生那号的人物，说是两样念法都说得通的，反正这人的意思是不要这张脸，要把这张脸转让给别人了。这人代表着围观者们的好奇，向他提出一系列的问题，问他怎么想着要来卖脸，把脸卖给别人干什么，谁会花钱买他的脸，这脸是根据什么定的价格？这些问题何秋生刚才已经回答过了，不过面对的是另一条大街上的另一些人，这就只好再回答一遍。众人正兴趣盎然地往下问着，一辆三只轮子的摩托车呜的一声开了过来，从车上跳下一个警察，嘴里喝着闪开闪开，扒开众人走到何秋生的面前，用手里的电棍指着他道，干什么哪？干什么哪？你是什么人？为什么在这里聚众围观，影响交通？

围观者都极不情愿地分散开来，退到远处继续观看。何秋生看着他一身威风的警服说，警察同志，我是一名下岗职工，没有贩毒贩黄，也没有卖什么非法出版物，我只是卖我自己的脸。警察仔细看了他脸上的字，刚刚噗地一笑，立刻想起自己所从事的神圣职业，将平躺着的两根眉毛竖起来道，别捣乱了，哪条法律规定能够卖脸？何秋生说，哪条法律都没有规定能够卖脸，可是哪条法律也没有规定不能卖脸呀！警察想了想觉得也是，眉毛就放平下来说，我不管你上岗下岗，也不管你卖这卖那，但有一条，一律得有工商管理部门发的执照，你有卖脸的执照吗？何秋生说，没有，这样的执照到哪里办去？警察说，知道没处办吧？知道就好！而且我还告诉你，你就是有卖脸的执照也不能在大街上卖，你在大街上卖脸引起行人围观，交通堵塞，我就以破坏社会治安罪把你带走，轻者罚款，重者拘留，因此造成伤亡事故，甚至还要判刑，这可不是吓唬你的！何秋生两脚一边乖乖地走开，嘴上却一边跟他争辩说，又不是我要别人围观，是别人要来围观我的。警察说，还在狡辩，你脸上不写卖脸两字，众人围观你干什么？你要卖脸你别在大街上卖，你到拍卖公司卖去，到那里你怎么卖我都管不着你了！

警察的话提醒了何秋生，他最初想到的就是拍卖两字，谁知坐车来到市里被人一围，就顺其自然地变成了沿街自卖，这么说还是按照原来的计划，找到一家拍卖公司，把自己这张脸全权委托给他们，事情也就变成合法的了。何秋生一边走一边寻思，觉得这个主意不错，往前走了几步又转过身子，朝着刚才那个警察走去。刚才那个警察已成功地驱散众人，维持好了交通秩序，跳上三只轮子的摩托正要开走，扭头一看刚才这个卖脸的人往回走着，以为这人是等着自己走后又卷土重来，心中大为恼火，便把三轮摩托停在路边，摆出一个守株待兔的架势，单等他来自投罗网。不料何秋生直着走到警察面前，不等警察开口，竟先笑嘻嘻地问道，警察同志，刚才你建议我到拍卖公司，我本意就是要到拍卖公司的，只是不知道拍卖公司在哪里，还想麻烦你告诉我一下。警察这下转怒为笑道，嘿，你倒是个会打主意的人，要不怎么能想到卖脸呢？这样吧，为了防止你这张脸再扰乱交通，我让你拣个便宜，你就坐在我的摩托车里，我把你带到一家拍卖公司，不过我们有个合同，不管你这张脸拍卖得掉拍卖不掉，出来时脸上不许再有这两个字，不然被我发现定罚不饶，把你卖脸的钱都罚光了不算，还要倒扒你一层皮！何秋生向警察保证说，如果一次拍卖不掉，我就把脸洗干净了出来，二次进去再写了卖，我说话是算话的。"

两人口头订好合同，警察让何秋生坐在自己身后的座位上，呜的一声，三轮摩托就开动起来，在城市的大街上如飞地奔驰着。坐在警察身后的何秋生既兴奋又紧张地盯着前方，不知怎么又想起了胡春来，他想他今天的一切奇遇都是胡春来逼出来的，而这个宠物医院的狗院长，还没尝过坐在警察的摩托车上，大街上的车辆都纷纷让开的滋味吧？

5

何秋生一连卖了几天，都没有把他这张大脸卖出去，这不能怪那位人民警察，警察破例用三轮摩托把他送到了本市一家公开注册的拍卖公司；也不能怪那家拍卖公司，公司经理破例接受了他这项前所未有的业务，不过告诉他说，正式拍卖活动每月只有一次，平时买卖双方也可以在这里自由交易，公司按成交额的比例收取双方一定的手续费；当然更不能怪他自己的脸，据公司经理和拍卖师说，他这的确是一张少见的大脸，适合在上面做流动性的商品广告，脸的主人走到哪里广告做到哪里，跟把广告印在公共汽车的屁股上差不多，而效果可能比公共汽车更好，因为印在脸上毕竟是个大大的新闻，应该说这位下岗兽医卖脸的创意是很不错的。那么没有成交的原因究竟出在哪里，何秋生认为是出在买主的身上，愿意出钱买脸的厂家提出的条件，不能得到他这个脸主的认同。

最初是一家生产婴儿保健品的工厂，销售部经理试着跟何秋生接触，介绍说该厂主打产品是第五代"尿立干"牌婴儿尿布，厂方愿意一次性付他五万元，在他脸上终生印上"尿立干"的广告文字，双方签订合同之后，他每天必须像上班一样，按照厂家指定的路线行走八个小时。何秋生认为报酬太低，时间太长，要求却太苛刻，同时产品性质也不合适，臊烘烘的婴儿尿布怎么能贴在他的脸上，让他从早到晚在大街上游行呢？接着是一家生产妇女卫生巾的工厂，销售部经理拿出一张"舒而秘"牌卫生巾的说明书让他过目，答应一次性付他十万元，在他脸上印上"舒而秘"的产品广告，如果不愿终生，那就只签二十年的合同，脸主可以不像上班一样到处行走，不过要在中央电视台第一频道的黄金时间，也就是晚上八点的电视连续剧中插播三分钟的广告节目。何秋生认为这家报酬虽然略有提高，时间也有所缩短，但是要求越发苛刻，产品性质更不合适，女人的卫生巾还不如婴儿的尿布，一个大男人的脸上印上那些东西，还要在中央电视台去露脸，那样一来，全国人民不都看见他的脸上蒙着一块女人的卫生巾吗？而且晚上八点正是城市上班族回家吃饭的时候，这就不仅是不雅观，影响胃口也是一个问题。谁知再接下来的第三种产品更加令他生气，那是一家药厂新研制出来的痔疮膏，形状像是一支钢笔,名字叫作"一笔抹消",痔疮膏厂的厂长亲自出面,给他比上述两家更为优惠的条件,二十万元的酬金,十年的合同期,既不到处行走,也不电视露脸,只在新闻发布会上接受一下记者的采访,就算是圆满地完成了脸主的任务。何秋生实在听不下去了,冲着厂长冷笑一声道,厂长先生,你不要认为我这张脸上写什么都可以,我卖脸但我不卖人格,你这"一笔抹消"的痔疮膏还是抹在你自己的脸上去吧!

何秋生明确地告诉拍卖公司,他的脸不会卖给这些厂家的产品做广告的,给多少钱也不卖,如果可能的话,他情愿把脸卖给药厂,酒厂,糖厂,蛋糕厂,保健品厂,医疗器材厂,把脸提供给它们做产品的广告。他连烟厂的广告也不愿做,他不吸烟,也不支持别人吸烟,别人实在要吸烟他管不了,但他不能用自己的脸来号召别人吸烟。他想起美国爱荷华州德威特市的那个卖脸者,那个名叫斯万森的男子,有人给他十万美金在他脸上宣传大麻他都不肯,而自己是个中国人,凭什么不能为脸把住这一关呢?除此之外,因为他跟胡春来结下的仇冤,他还预先想到了一个行业,假如有一家宠物医院之类的单位要在他的脸上做广告,那也是绝对不行的,给一百万他都不能接受。何秋生没把他的真实心情告诉拍卖公司,他提出的只是另一个理由,不管怎么说狗都不能比人高贵,人的脸总不能给狗做广告吧!拍卖公司的经理觉得他的行为有些矛盾,既要出来卖脸，又有这么多的禁忌，事情只怕不能完全如他的意，不过却对他的气节表示赞叹，每次分别的时候都握着他的手说，我会尽量考虑这件事的，争取在本月的拍卖会上为你这张大脸找到一个合适的产品！

听从骑三轮摩托的人民警察规劝，何秋生改变了在大街上卖脸的方式，每天清早六点就从家里出发，坐车来到市里那家拍卖公司将近八点，因为不必从书画店前经过，不能再请老先生在他的脸上写字，他便改请拍卖公司的一位秘书为他写，卖脸一旦成功免不了要给他们交手续费，在脸主脸上写字是公司应有的服务。诸事做毕，也就到了自由贸易的开场时间，中午休息的时候随便在外面买点吃的，直到下午清场，他才在水龙头下把脸上的字洗去，坐车沿着来时的路线回家，到家已是晚上八点多了。老婆宋小丫和儿子何大志早已吃罢了饭，锅里剩下的东西都归他所有，何秋生胡乱吃饱肚子，洗个热水脚睡上一觉，天一亮又出发了。开始的一段日子，宋小丫还在努力地阻挡着她的男人，这个只读过三年书的养猪大户的女儿，得知男人卖脸的事后，阻挡的办法并不比她公婆高明，无非是又哭又闹，劝他就算不是为他自己，就算是为了老婆，为了儿子，也应该把自己这张大脸洗得干干净净，放在家里，千万别拿到外面去卖。宋小丫哽咽着说，兽医站没有了，你还可以凭着何家三代兽医的名声，还有你自己的一门好手艺，出去给猪给牛治病，钱总是还有挣的，饭总是还有吃的，别说这脸没人肯要，就是全国的人抢着来买，卖了一箩筐钱，买了一床底米，用这卖脸的钱买米煮出来的饭，吃着也不是个好滋味！何秋生诚恳地望着宋小丫，他不跟自己的老婆争辩，他想的是他在兽医站里被胡春来打败，回到家里却战胜了自己的老婆，这又算是什么好汉呢？所以他就一声不响地望着她，惭愧布满了他的一张大脸，吃了饭洗了脚睡了觉，第二天清早起来又出门了。

他的脸损坏得很快，在上面不断地写了又洗，洗了又写，一旦写上就要至少保持八个小时，一部分墨汁渗入脸皮里面，再洗时已经洗不彻底了，打足肥皂，加大力度，冷水洗了又换热水，把一张大脸洗得又红又糙，动物园里的猴子屁股似的，墨汁的痕迹还是不能消失。一段日子下来，他的这张著名的大白脸已经变成灰色，像是抹了一层水泥。而且还有一个问题，脸皮上面写上字后，人不出汗便罢，如果因为室内人多升温，一出汗就把脸上墨汁写的字流淌下来，变成一条一条的黑道，从上往下顺着脸皮流进脖子里，他的脸就成了一张大花脸，脸上的字就看不清了。何秋生后来想了一个办法，他去药店买了一卷胶布，用剪刀把它剪成巴掌大的方块，根据额头下巴和两边的脸皮，提前在上面写出有关文字，出门的时候装在兜里，到了拍卖公司，就掏出来贴在脸的四个部位，用完一天撕下来扔掉，第二天再换上新的一套。

虽然小城的人不再看到他脸上的字，但是他要在拍卖公司卖脸的消息，还是迅速地从市里向周边传播，尤其是有一位市报记者打入拍卖公司，在他与人进行洽谈的过程中，用相机拍下他那张贴着胶布的大脸，配上一篇文章登在了报纸上，于是一夜之间，他就成了全市家喻户晓的新闻人物。每天早晚他从小城经过，就有一些闲人指着他的后背，故意问另一些人说，你见过有人不要脸，要把自己的脸卖出去吗？被问的人说，我只听说有人卖肾，有人卖眼珠子，还没听说有人卖脸，这人是不是精神有毛病？问的人说，并不是没有这种可能，听说一个姓胡的占了他的单位又赶走了他，活活把他给气疯了！被问的人说，照你这么说来，还指不定是谁个不要脸呢！

一天晚上，何秋生从市里卖脸回来，饿着肚子一踏进门，就觉得屋里的气氛有些森严，电灯在头上亮着，饭菜在桌上摆着，往常的这时候老婆和儿子早就吃罢了饭，只给他剩下一些留在锅里，今天的情况却不同了。宋小丫和何大志坐在桌子两边，母子二人既不吃饭，也不说话，见他进来都不理他。何秋生问宋小丫，怎么啦？宋小丫说，我不知道，你问你的儿子！何秋生又问何大志，怎么啦？何大志说，我不知道，你问你自己的脸！何秋生就明白了说，我的脸怎么啦？不就是想在市里拍卖了，为儿子解决学习经费，为老婆解决生活来源吗？宋小丫突然对他一声怒吼，谁要你解决生活来源了？你会解决来源，你把儿子媳妇的来源都解决掉了！何大志严肃地制止她说，庸俗！怎么可以这样认识问题！宋小丫转而又吼儿子，我庸俗？你爹才庸俗呢，就是他去卖那一张鸡巴大脸，卖得你那个女同学不给你递申请了！何大志更加严肃地制止她说，恶劣！你可以这样理解，但不可以这样表达！宋小丫想了想儿子是受害者，害人者乃是自己卖脸的男人何秋生，便又转过去对他吼道，何秋生你这个不要脸的听着，我再重新给你表达一遍，儿子的肚子儿子的命，儿子的那个什么都在你的这张脸上了！何秋生又累又饿又气，实在忍无可忍，突然也对这母子二人吼了一声，我的脸在我的脸上，又没在你们的脸上，我卖脸跟你们有什么关系？何大志站起身来，以辩论的姿态直视着他说，无理！霸道！表面上没有关系，实际上却有关系，这是关于社会心理学的范畴，我不跟你作无谓的辩论，我只是在此声明，我不仅今晚不吃饭，明天还不上学了呢！

团支部副书记何大志一言九鼎，第二天一早何秋生出门卖脸的时候，他果然没有起床上学。不过何秋生并没留心这件事情，睡过一觉，他把昨晚一家三口的对话全都忘了。他的一门心思仍然在卖脸上，拍卖公司的经理对他说了，今天是每月一次的正式拍卖会，是他一直期待的日子，登记注册的与会卖主包括他共有六十六人，竞买者的人数估计不下一千，因此是一个难得的机会，让他一定按时到场，争取遇到好的买主，把这张大脸如愿以偿地卖出去。何秋生心情激动，一夜未眠，今早出发的时间比过去提前了十五分钟，路过兽医站的门前他的头扭都没扭，怕的是看见宠物医院那四个字，看见胡春来这个狗院长，浪费他的工夫不说，还会破坏他的心情。

何秋生快步走到小城的车站码头，往市里去的首趟客车竟还停在那里等他，车里只坐着三个乘客，男司机和女售票员已经认识他了，一见他就笑了起来，男司机说，这大一张好脸怎么还没卖出去呀？何秋生不能让他认为这是一件可笑的事，就正经地回答他说，如果不是严格挑选广告内容，恐怕我早就卖出去了！女售票员说，也别太严格挑选了，我看就卖给我们这辆客车好了。何秋生明知她是开玩笑的，就慷慨地同意说，好嘛，只要你能做主我就卖给你们，一边脸上画个你在卖票，一边脸上画个他在开车，额头写上"坐着舒服"，下巴写上你们车号，我就从早到晚顺着这条公路来回地走！三个乘客都是小城的人，也都从报纸上看到了记者的文章和图片，就从中搭了话说，只是你那三十万的广告费摊在乘客的车票里，车票一涨价反而没人坐这辆车了！男司机说，那我们就只好下岗，跟你一样去卖脸了！女售票员说，所以我们还是不买你的脸，情愿把你的脸运到市里去卖给别人！

车上的人逐渐增多，其中有一个年轻人，见大家都拿何秋生的那张大脸说笑，就在后面叫了一声何兽医，说他跟养猪大户梁山寨主宋二瓜住一个村，听宋二丫回娘家时对村里人说，说她男人何秋生是被一个名叫胡春来的坏人陷害，夺了饭碗扫地出门，他向何秋生提了个建议说，如果我是你何兽医，我就不在自己脸上给别人写这写那，我就给自己写两行字。何秋生回头望着他问，写两行什么字？跟宋二瓜同村的年轻人说，一边写"胡春来狗杂种"，一边写"我操你娘"。车上的人大笑起来，不等何秋生表态，又一个年轻人说，这两行字一边六个，一边只有四个，一长一短不大对称，应该在这边加两个字，变成"我操你的狗娘"就合适了，黑字下面用红颜料打出两条底色，看着就像一副对联。跟宋二瓜住一个村的年轻人说，这个主意好倒是好，再来一条横额就更好了。主张写对联的年轻人说，横额就写"你不是人"。众人又大笑一阵，何秋生在笑声中认真地摇着头说，不能这么写，人身攻击是犯法的，再说让我操他的狗娘，我不就也成了狗，我也不是人了吗？我跟胡春来过去毕竟是结拜过兄弟的。跟宋二瓜住一个村的年轻人说，这倒也是，听二瓜叔讲，胡春来的爹五九年饿死以后，他的寡妇娘害怕自己也饿死了，就扔下儿子嫁给了人民食堂做饭的大师傅，出于特殊时代的原因，他娘从小没有教育好他。何秋生点点头说，这话我同意。

满车的乘客就紧紧围绕何秋生的这张大脸，展开着热烈的民主讨论，一路产生了很多精彩的策划，何秋生一条也没有接受,他仍然坚定不移在想着今天的拍卖会,通过拍卖公司经理透露给他的信息,好像他有一种预感,他这张几经周折的大脸今天很有可能成交。汽车在笑声中一路向着市里开去,女售票员感谢他为本车的运行带来了欢乐,又同情他已下岗失业穷到卖脸的地步,售票时谁的钱都收了,唯一免了他的那份,邻座的人都看出了内情,却不揭发检举,还笑眯眯地把他望着。何秋生就坐这趟免费的客车来到市里,下了车直奔拍卖公司。

6

　　何秋生每次来到这家拍卖公司,一走进玻璃大门就要先上一个厕所,把肚里的废水排泄干净,以免正跟买主谈着卖脸的事宜,关键时刻憋不住了。今天是正式的拍卖大会,场面浩大,人数众多,时间想必更长,更得有个这方面的思想准备。何秋生进去看好了第一个尿槽,打开裤子正在尿着,发现第二个尿槽前低头走来一个人,一边走一边使劲在裤子里掏,这个人从侧面看非常眼熟,特别是低着头走路的样子,很像是胡春来那个王八蛋,胡春来从小就是这样走路,何秋生的爹最恨的也是他这样走路。何秋生忍不住扭脸一看,真是冤家路窄,这人还真是胡春来!

　　何秋生认出了胡春来,胡春来也认出了何秋生,在三十公里以外的一个厕所里意外相逢,两个人都觉得有些离奇,但是谁也不先说话，谁也不先把脸转开，就这么互相有些离奇地看着对方。这时候何秋生已经快尿毕了，胡春来却还刚开始，何秋生只要用手抖抖放回裤里，转身一走也就罢了，却又没有想到一个穿西装的小矮子左边胳肢窝里夹着一只公文包，右手举着一盒香烟，兴冲冲地走了过来，把烟塞进胡春来的兜里说，那个牌子的已卖完了，说着自己也顺便站在第三个尿槽前面，陪同胡春来一起尿着，一边尿一边伸长颈子看何秋生，看他为什么尿完了还不走，还死死地瞪着胡春来，小矮子不觉警惕起来，小声地问胡春来说，胡处长，你们认识？

胡春来赶快在脸上弄出笑来，对小矮子说，哦，这是我们过去那个站的兽医何秋生同志。接着又对何秋生说，何秋生同志你好，你到这里干什么来了？何秋生并不忙着回答他的问题，却看了小矮子一眼，反过去对他问道，你不是小城兽医站的站长，后来改成宠物医院的院长吗，怎么又变成胡处长了？胡春来眼珠子一转一转，脑子里组织着合适的词，小矮子就替他回答说，你难道还不知道吗，何处长现在已经不是站长院长了，他被我们市畜牧局借调了来，担任养殖处的处长了！何秋生做出个恍然大悟的样子说，我知道了，原来是又升官儿了，怪不得要把服务的对象由猪由牛变成狗，因为这是一个走运的东西！小矮子听不懂他的黑话，直在胡春来的脸上寻找信息，胡春来宠辱不惊，挥手一笑说，老朋友别开玩笑，这是我们处的办事员小池同志,以后到市里找我如果我不在的话,就找小池同志好了。话音没落小办事员就表态说,凡是找胡处长的人我都会认真接待的,我已经记住你的相貌了,脸特别大,一看就是个正派人。

何秋生听小办事员夸他脸大正派,心情顿时好了起来,望着对面胡春来那张瘦猴似的小脸,正要问小办事员一句"脸小的一看就是个不正派的人吗",胡春来却从上衣兜里掏出小办事员给他买的香烟,撕开了纸抽出两支,一支叼在自己嘴里,一支递给何秋生说,抽一支?何秋生就改变了快要出口的话说,你调到市里升了官儿,就忘了我是不抽烟的人了?胡春来早有这个准备,递出去的烟不便缩回来,顺手就扔给邻槽的小办事员说,接着。然后从裤兜里掏出打火机,叭地打燃,点着了嘴里的烟头,也不给小办事员点着,叭地关了,又装回裤兜里。小办事员手里捏着这支香烟,欲抽不能,欲退又不合适,就只好久久地放在鼻子下面闻着。

有人解开裤口等着要用尿槽,在背后响亮地咳嗽,用这种方式催着他们离开,胡春来这才发现自己早已尿毕,就跟何秋生一道退到窗口,站在那里继续谈话。胡春来抽着烟问,刚才我问你到这里干什么来了,你还没有告诉我呢。何秋生看了一眼手腕,见还没到进场的时间,就耐下性子说,要说起来,还是你让我到这里来的,你要把兽医站改成宠物医院,要我下了岗，还要我用自己这张大脸去挣饭吃，我听你的话，就到这家拍卖公司卖脸来了。胡春来不由得一愣，小办事员看胡春来一愣也跟着一愣，何秋生就在他们发着愣时，从兜里掏出四块写好了字的胶布，两边脸上分别贴上一块，另外两块贴在前额和下巴上，又用手在每块上面按了一按，把翘起来的胶布角角按落实了，然后严肃了表情，抱起两只膀子把他们看着。

胡春来认着写在胶布上面的字，愣了很久才结巴着说，我说的不过是气气气你的话，你怎么竟真真真的卖脸，你这脸怎么个卖卖卖法，卖给别人能做什什什么？何秋生做出胸有成竹的样子说，我可以卖给厂家做产品广告，也可以卖给商家做商品广告，这些你都别管了，我倒也要问你，你到这里来干什么？胡春来一时还没想好怎么回答才更体面，小办事员替他回答说，我们胡处长带我来拍卖种羊，一种马头牛尾的种羊，这种羊个大肉多长得快，味美营养价值高，既然你的脸可以做产品广告，我们的马头牛尾羊也是产品，就给我们的马头牛尾羊做个广告吧！何秋生想起自己做出的决定，这张大脸坚决不能为胡春来利用，就把眼睛从小办事员的脸上转到胡春来的脸上，用鼻子冷笑了一声说，你们这羊又是马头又是牛尾，肯定是个杂种，我的脸是不能给杂种做广告的！

胡春来听出何秋生骂的杂种不是马头牛尾羊，而是他这个人，心里明白因为把兽医站改成宠物医院，并且赶走何秋生这两件事,何秋生这辈子已把他恨入骨髓。他却不能让小办事员知道他挨了骂,就没事似地笑着看了看表,又拍了拍何秋生的肩膀说,时间快到了,我们早点进去找个位子坐下来吧。说完就低头走出厕所,小办事员夹着公文包紧紧跟在他的后面,厕所里就只剩下何秋生一个人了。何秋生骂了胡春来心里得意,觉得出了一口恶气,才想到出气就噗地放出一个屁来,连自己也忍不住笑出了声。厕所里的人都扭过头来看他,何秋生什么都不在意,浑身舒服地走了出去,心想我倒要看看这个杂种,看他是怎么拍卖那个杂种羊的。

何秋生一走进拍卖场,就引起场上一阵骚动,这些人中有的参加过前些次的拍卖,有的却是第一次参加,看见何秋生一张大脸上面贴着四块胶布,实在好奇,就离开座席向他这里凑拢,很快形成了一个包围圈,把他团团围在核心。没有挤到前面来的就只好站在后面,踮起脚来看他的脸,见那张大脸上的四块胶布贴得倒是端正醒目,只是上面写的字认不太清,有人想起自己是带着望远镜的,就从包里掏出望远镜来向他望着。没带望远镜的求知心切,就急着问挤在前面的人说,你们给念念他那脸上写的是什么字?挤在前面的人就助人为乐地大声念道,左脸上的大字是个"卖",右脸上的大字是个"脸",额头上的小字是"广而告之",下巴上的数码字是"三十万"。有人就发出惊呼,我的个妈,三十万能买一套房子了,谁买他的脸干什么？有人就解释，买他的脸当然是做广告的，如果房地产开发商花三十万把这张脸买去，三千万也能赚得回来。又有人问，你说怎么个赚法？又有人答，就按他这格式在脸上写字，左脸上写个"便"字，右脸上写个"宜"字，额头上写某某地方的楼盘，下巴上写售楼处的电话号码。

一花引来万花开，包围圈越来越大，里三层外三层的，参加讨论的人也越发多了。一个像是做生意的人说，这里有个问题，如果买脸的人给了他钱，他拿到钱却把脸上的字洗了，达不到广告的目的怎么办？一个懂点科技的人说，你这个问题不是问题，脸上的字可以不用墨写，而用针刺，刺了用药水把颜料渗在里面，就一辈子也洗不掉了。一个读过《说岳全传》的小伙子说，那不成了岳母刺字吗？一个正在看电视连续剧《水浒传》的中年妇女瞪他一眼说，你倒是会打比方，岳母刺字是刺在岳飞脊背上的，他这是刺在脸上，跟林冲发配沧州差不多。像做生意的人又说，还有个问题，如果他脸上刺了字却不出门走动，或者他中途死了，三十万广告费不是白花了吗？中年妇女瞪了他一眼说，你这人把他想得太坏，说话也太毒，他要是我家的人，别说是给三十万，给三百万我也不许他干，娘生他一张好端端的脸，凭什么让人在上面胡作非为！

中年妇女的这番话引起人们一阵沉思，人们觉得这个问题的性质已经转移，已经从商业的范畴转移到人的尊严，转移到人道主义范畴,实际上成了一个有关人权,有关法律的问题。在人们的沉思中铃声响了,一位穿着白衣白裤,蓄着白须白发的拍卖师,手里握着一把锤子走上拍卖台,包围圈迅速解散,人们暂且放开何秋生,各自在场上找个合适的位子坐下,听着拍卖师开始宣布今天的拍品名单。何秋生发现包围他的人都走开了,就满场转着也想给自己找个座位,却见一人站在拍卖师的身后,满脸焦急地向他招手,那人正是这家拍卖公司的经理,他便弓着身子走了过去。经理见他完全是个外行,指着一个地方对他说道,给你安排的是第六号,你得亲自在现场听着。何秋生一听六字就很高兴,双手握住经理的一只手说,这个号好,六六大顺,成交了我请你下馆子!经理一脸的漠然说,可见你还是个外行,说的还是毛主席那个时候的话!何秋生明白经理嫌下馆子花钱少了,就把声音压得很小,征求着他的意见说,那就上大酒店,要不给你回扣?经理咧了一下嘴说,你还懂得这个,回头再说吧!

　　何秋生一心想的是拍卖自己的脸,排在前面的五种拍品他都没有怎么注意,只听着一身雪白的拍卖师一次一次地喊出钱数,场上的人一次一次地举起牌子,没有一个人讨价还价,反而是价格越来越高,高到没人再举牌了,拍卖师手里锤子咚地一响,这件拍品就成交了,整个过程比他事先想的要简单得多。何秋生正觉得有趣,这时候拍卖师推出了第六号拍品,拍卖师大声宣布，第六号拍品是何秋生先生的脸！场上哗的一阵大笑起来，拍卖师却一脸庄严，用那只没握锤子的手把白发往脑后拢了拢说，雅静！雅静！脸主的这张大脸圆润饱满，平整宽阔，可以为商家提供长期的、流动的、有特色的宣传阵地。场上哗的又是一阵大笑，还有人一边大笑，一边夸张地重复着拍卖师的话，哈哈，有特色！这时候何秋生突然听到，一个熟悉的声音在人群中问道，请问拍卖师先生，这种把脸卖给商家做广告的有特色的行为，在我们的社会主义中国是合法的吗？问完这话也笑了一声，笑声跟任何人都不同，那是一声冷笑。何秋生朝着冷笑的声音望去，竟认出问话的是胡春来，胡春来的身边坐着那个在厕所里给他塞烟的小办事员，小办事员的身边拴着一只马不像马牛不像牛羊不像羊的白色动物，那动物一定是他们要拍卖的马头牛尾的种羊，已派人预先牵在门外等着，人一进场种羊也就送进了场。何秋生心想你这个杂种，果然你要来捣乱了！

拍卖师对胡春来提出的问题早有准备，又用手拢了拢头上的白发说，《中华人民共和国广告法》第七条规定："广告不得有妨碍社会安定和危害人身财产安全的情形。"第八条规定："广告不得危害未成年人和残疾人的身心健康。"根据这两条规定，何先生自愿把脸卖给商家做广告的行为既不危害社会安定也不危害人身财产安全，同时也不危害未成年人和残疾人的身心健康，而商标本身作为一种标志，并没有规定禁止涂在人的脸上，因此何先生的卖脸行为没有触犯我国的法律，也因此他是可以卖脸的！场上的人就不笑了，一时空气肃穆下来，人们再次投向何秋生的眼光就有了一些尊重的意思。然而胡春来又发出一声冷笑说，我不同意拍卖师的说法，即便这种行为没有触犯我国的法律，但也违背了我们中华民族的传统美德，卖脸就等于是丢脸，丢脸就等于是不要脸，一个人又不是一头猪，他怎么可以不要脸呢？场上的人又热闹起来，有说的有笑的也有瞎起哄的，何秋生知道胡春来刚才在厕所挨了他的骂，现在是要报复他了，就站起来也冷笑了一声说，有人连猪都不如，他是一条狗，见了有势的就钻裤裆，见了干活的就追着咬，这样才会有人把他宠着！

　　场上的气氛要爆炸了，一阵大笑覆盖了一切，拍卖师往桌上重重地一锤，把场上的笑声锤了下去道，我这一锤不是宣布拍卖成功，而是请刚才那位辱骂他人的先生离开这里，本公司明文禁止在拍卖过程中发生此类现象！场上人都翘着屁股看胡春来，胡春来无处可看就看他的小办事员，小办事员认为领导考验他的时刻到了，站起身来尖声喊道，我们是十二号拍品马头牛尾羊的拍卖者！拍卖师说，拍卖者也得离开，十二号拍品取消！小办事员又喊道，他是我们的胡处长！喊罢迅速向胡春来要了一张名片，奔上台去递给拍卖师，拍卖师接过来草草看了一眼，却又退还他说，胡处长也得离开，六号拍品继续进行！

两个保安咔嚓咔嚓地朝胡春来走去，胡春来知道不离开不行了，抢在咔嚓声到来之前离开了这里，这一次他仍然是低着头的。保安没在胡春来的身上发挥作用，看见他的座位旁边拴着一只奇形怪状的动物，冲着两人发出异样的声音，这声音又像羊咩又像牛哞，还有一点儿马喷鼻子的味道，吓了两人一个倒退。等看清了不过是一只杂种羊，两个保安就骂声"我操"，第二次走上前去，一人解开绳子，一人挥着电棍，正把它往门外赶着，这时候小办事员慌张地赶了过来，手里还捏着那张拍卖师没要的名片。保安指指门外又指指羊问，你们都是一伙的？小办事员说，是。保安把手里的绳子往地上一扔道，赶快牵走！小办事员说，是。保安冲着他的后背又补了一句，不许沿街拉屎！小办事员说，是。

场上复又安静下来，六号拍品继续进行，拍卖师第二次高声宣布，六号拍品，何先生这张自愿终生为国内诚信业主优秀产品做广告的大脸，起拍价为三十万！三十万！！三十万！！！何秋生瞪圆了眼珠看着场上的那些牌子，不知道到底有没有人举，如果人都不举怎么办，这么瞪着直觉得肚子有一种下坠感，好像里面的尿想出来，进场前才上的厕所，怎么现在就憋不住了，是不是因为在尿槽前见到胡春来，害得他的尿没有撒干净呢？何秋生突然不想在现场再看下去，实在是太紧张了，不管有没有人买他的脸，也不管有人开多少价买他的脸，他都不想知道了，他要去厕所里撒尿，他不能把尿撒在裤裆里，卖脸的事就听天由命，顺其自然，让那些举牌子的折腾去吧。

何秋生弓着身子，蹑着两脚，正要偷偷下台去把事情做了，却猛地听得场上响声大作，扭脸一看，奇迹发生了，一只牌子高高地举了起来，上面写的数字是一百万。又听得拍卖师兴奋地高喊，一百万！一百万！！一百万！！！然后咚地一锤击在桌上。随着这一声锤响，何秋生觉得自己裤裆里面一烫，一股热尿到底没有憋住，从那沉不住气的渠道漫了出来。

7

何秋生得知买脸者是一位香港商人，不由得喜上加忧，他原打算把这张大脸卖给本市，白天出来流动宣传，晚上还能回家团聚，这下子钱倒是有了，但是花了百万巨资的港商一定会把他带到香港，让他从此远离二老爹娘，跟老婆孩子长期分居了。何秋生怀着一种复杂的心情，被拍卖公司的经理引领着，跟港商来到后台一间雅静的茶厅坐下，港商向小姐要了茶点，然后对何秋生坦然一笑说，何先生也许还不知道，我已经跟踪您好几天了！何秋生吃了一惊，正要开口，港商又摇手说，何先生不要误会，我跟踪并不是想刺杀您，而正是为了得到您这张脸，第一次听说您还是从我叔公口中。何秋生问，您的叔公是谁？港商说，我的叔公您认识的，就是书画店里那位在您脸上写字的老先生，我是回来省亲的时候，偶尔听我叔公谈到您卖脸一事，我觉得其中必有缘故，便在暗中进行打听，果然得知您的经历。何秋生哦了一声说，先生原来是那位老书法家的侄子，你们叔侄两个都是好人，只是不知道您花这么多钱买我的脸，想在上面做什么广告，是不是需要我到香港？

　　拍卖公司经理笑道，何先生真是个性急的人！港商说，对不起，这事我们下面再谈，我要先向何先生提出一个请求，希望双方能够达成共识。我的请求是在这一百万中，三十万作为您的个人所得，另七十万您用于买下那个宠物医院，让它还做过去的兽医站，您就来当这个站的站长。何秋生又惊又喜，接着却又愁道，您以为我们这里是你们香港，什么东西都是可以买的？港商轻轻一笑说，何先生不要悲观嘛，俗话说有钱能叫鬼推磨，你们这里只要花钱没有办不到的事，在参加今天的拍卖大会之前，我已提前跟你们小城的一把手讲好，他批准把宠物医院卖给你了！何秋生啊的一声大叫说，如果这样的话，我情愿把我的三十万也拿出来！港商说，好的，好的，现在我们再来商谈合作事宜。何秋生知道自己不到香港去了，浑身都轻松了说，你该不会要我一边脸上画头病猪，一边脸上画头疯牛，额头上写着治疗什么什么，下巴上写着价格多少多少吧？

港商大笑道,何先生您又误会了,您这张酷毙帅呆的大脸我哪里会忍心毁掉,我是要在你们这里建一座大型畜牧农场,想跟您签订一个合同,请您做我的终身兽医师,不知道可不可以?

何秋生担心自己稍一犹豫,致使这件事情发生变化,就一口答应了港商可以,因为他的骨子里从来没有想过发财,他是一个只想干事的人,想干他一家三代干过的兽医,之所以到市里来卖脸,原因乃是他的家传兽医干不成了。他跟这位要建畜牧农场的港商谈得很好,差不多是一见如故,在茶厅里喝好了茶,又吃了一些糕点,港商还要请他到饭店吃饭,让拍卖公司的经理作陪,经理眼睛发亮地看着何秋生,何秋生却丝毫不懂经理心情,回答说他自从有了老婆,尤其是老婆生了儿子之后,就养成了跟老婆儿子一道吃饭的习惯,这些年出外给病猪病牛行完了医,也不在它们的主人家里吃感谢饭了,再高的伙食标准他都吃不下去。港商越发敬重他的传统美德,约好明天签字付款,起身要安排车辆送他回家,却又遭到何秋生的谢绝。

乘坐客车回家的路上,何秋生人逢喜事精神爽,嘴里哼着一支愉快的歌儿,一路想着怎样把这个好消息告诉宋小丫,是先告诉她一个结尾,像小说的倒叙手法一样,引起她的兴趣以后再说开头呢,还是按照传统的手法,老老实实地从开头往结尾说。直到快进家门时他才决定采用倒叙,觉得哪怕是跟自己老婆说话，人也不能太老实了，他过去的失败就在于人太老实。如果把这事从头说起，那个养猪大户的女儿保证只听一句，就会一扭屁股走掉，或者干脆一句都不听，此前他屡次从市里卖脸回来，她都是这样一副可恨的态度。何秋生最后确定采取这么一种方式，进屋见到宋小丫就问，你猜我这张脸卖了多少钱？宋小丫如果骂他，卖你一个零蛋！他就哈哈大笑道，这回你可是猜错了，不是一个零蛋，而是六个零蛋，前面一根扁担，一百万！接下来再把怎么卖了一百万的经过，绘声绘色地讲给她听。

但他进门没有看见他的老婆和儿子，也没有看见他要吃的饭，客厅没人厨房也没人，厕所的门开了一半，里面并没发出任何声音，肯定也是没有人的。何秋生开灯直奔睡觉的房间，发现儿子的房里睡着一个，他们的房里也睡着一个，以为这母子二人已吃饱肚子，成心睡给他这个饿汉子看，借以发泄对他卖脸的不满，就坚持用快乐的口气对他们说，起来起来，吃了就睡，这不成了两头猪吗？宋小丫却并不起来，睡在床上冲他嚷道，谁是猪？谁吃了就睡？我老实告诉你，儿子还是昨夜上床睡的，一天没吃没喝没有上学，你这个不要脸的老子去市里卖脸，儿子的女同学都笑话他，入团申请书都不交给他了，他都不想再上学了！何秋生一听这话急了，什么手法都不用了说，我也老实告诉你，今天一个港商白给了我一百万，我不仅

165

不卖脸了，而且还要当兽医站的站长！只听得扑通一响，何大志一个鹞子翻身从床上跳到地上，瞪大眼珠把他看着。宋小丫代表儿子对他表示了巨大的怀疑，一百万？不卖脸？当站长？天上还能掉下这大一个猪肉馅饼？你该不会骗我们娘儿两个吧？何秋生肯定地说，不会的，不过那一百万不能归我，得用它把兽医站从胡春来的手里买过来，我才能当这个站长！宋小丫仍觉这事一点也不可靠，你说站长，我就跟你说说站长，这些天你起早贪黑在市里卖脸，我都没工夫告诉你，胡春来借调到市里当了一个什么狗官，兽医站的站长转给他的老婆孙春花当了！何大志对官的名称十分敏感，立刻纠正他的娘说，不是兽医站的站长，而是宠物医院的院长！何秋生凶着脸说，他们这个狗屁医院是开不成的，院长也是当不成的，不信你们给我看着！

说时迟，那时快，宋小丫一个翻身跳下床来，跑进厨房就去点火做饭。其实她跟儿子已吃过了，赶在何秋生回家以前上床睡觉，纯粹是为了团结一心威胁何秋生，共同做出绝食的假象。何大志也起床坐在饭桌边上，回忆了一遍他爹近来的行为，嘴里忽然蹦出两个字来，高尚！何秋生受了儿子的表彰，跟遇到港商一样高兴，加上肚子实在饿了，这顿晚饭足足吃了过去的两倍，看样子还没有放碗的意思。母子二人又陪他吃了一餐，一边吃一边听他用传统手法讲述白天的故事，从清早在拍卖公司厕所里巧遇胡春来的时候讲起,何大志嘴里又蹦出两个字来,困惑!何秋生问,困什么惑?何大志说,这样一个废物怎么可以混到市里,而且还可以当上处长,他高尚吗?何秋生刮目看了儿子一眼,觉得团支部副书记提出的这个问题很深奥,深奥的问题应该以简单的方式回答,最好是用反问,他就反过来问儿子说,那你说人为什么喜欢养狗,它高尚吗?何大志读过叶永烈写的科普读物《十万个为什么》,想不起里面有没有这么一问,就翻着眼睛往狗的优点上思考。何秋生想了想问宋小丫说,胡春来借调到市里了,他晚上还回不回来睡觉?宋小丫说,听说市里暂时还没分他房子,早上掰开眼屎就走,晚上屁滚尿流回来,两头不见天挺辛苦的,跟你出去卖脸也差不多!何秋生看看墙上的挂钟说,我还想晚上去看看他,听听他对我买兽医站的态度,白天在拍卖公司见面没说上几句话,拍卖师把他人也赶走了,羊也赶走了。宋小丫用筷头在他鼻尖上狠狠一捣说,去看他这条白眼狼,还不如去给别人看头猪!说起猪来我还忘了,下午我娘家村里有个人连着来了三次电话,说他家的一头猪得了急症,找兽医站人家不理,只好请你去给他治治,我不好意思说你去市里卖脸的事,只说你出去办事没有回来。何秋生一听就放下碗筷,急得噗地放出一个屁说,这事你怎么不早说,那人有可能我在车上见过,他还帮我出过主意,要我在脸上写一句骂胡春来的话,是个疾恶如仇的

167

正派人，我得赶快去看看他家的猪！

何秋生雷厉风行，卖了一天脸虽然有一点累，把饭一吃身上又有劲了，问过那人电话里留下的地址，背上药箱就出了门。何大志看着他爹远去的背影，嘴里不觉又蹦出"敬业"两字，心里油然而生一丝敬意。一切后顾之忧都没有了，他可以安心地去睡觉了，早睡早起，明天开始复课，照常发展团员。何秋生摸着夜路来到那人家里，却发现并不是他在车上认识的年轻人，不过这不要紧，不认识丝毫不影响他的医术和医德，摸过脉搏，一针下去，那头快要断气的病猪就活了过来，一张难看的猪脸很不好意思地将他看着。何秋生瞪着它说，不好意思个什么，还不快去补补身子！那猪就摇摇晃晃往它的食堂走去，猪的主人快速往食槽里倒进一盆猪食，不等离身那猪就呼的一嘴拱去，溅了主人一身一脸。

猪的主人眼里也有了一些亮亮的东西，却不是猪食而是眼泪，他竟又哭又笑道，何兽医，过去我还对别人笑话你家挂的那面锦旗，今晚我可是服了！真想不通你有这好的手艺，胡春来为什么要把你赶走？何秋生趁机口吐了一次狂言道，他是赶不走我的，有句话怎么说的来着？我又东山再起，卷土重来了！猪的主人大声唤来老婆给他做饭，何秋生说刚在家里吃过，欠起身来噗地又放了个屁，证明说的不是假话。已经走进厨房的老婆相信了他，抿着笑又退出来，改而让男人付他的出诊费。何秋生通过今天的拍卖，得知自己有了一百万的身价，回家又听儿子夸他高尚，索性一分钱也不收，背起药箱就走，等男人手里拿着钱追出门来，人已经不见了。夫妻二人叹息一阵，策划说下次不管在哪里遇到了他，非得把钱塞在他的兜里不可，多好的何兽医，如今连个工作单位都没有了，可不能让人家吃亏！

匆匆忙忙回到小城，何秋生觉得今晚时间还早得很，晚饭吃过量的肚里仍有些发胀，身上痒痒的还想找些事做。满街的电灯泡子明晃晃的，使他老远就看见了过去的那个兽医站。兽医站的门头上已装起了一圈霓虹灯管，将一把手写的"宠物医院"四个金字嵌在其中，何秋生看见一次心里来一次气，但他知道这四个字的寿限已不长了，很快就会换回原来的三个字，到时候这三个字由他自己来写，外面的那一圈霓虹灯管就不撤了。何秋生这么想着，一肚子气就消了大半，他决定高风亮节地进去看一看胡春来，问他那只马头牛尾的杂种羊还卖不卖，问他如果市畜牧局的借调期满，他还回不回这个宠物医院，问他如果有人把宠物医院买过来仍改成兽医站，他愿不愿在新的站长手下干活？

何秋生兴冲冲地走到门外，抬起手来开始敲门。好像有人算定他今晚要来，只敲一下就有了反应，门里问是谁呀，一个女人的声音，这个女人自然就是孙春花。何秋生说，我。孙春花听出他来，说了声原来是你，过一会儿就来把门开了。灯光下孙春花的头发有些蓬乱，像是刚跟胡春来做过事的，手上一边梳理乱发，眼睛一边打量着他。在开门之前，她以为他必然是因生活所迫，想回过去的兽医站现在的宠物医院，继续在这里谋条生路。心里正构思着怎么婉言将他回绝，开门一看却见他手里既没提烟也没提酒，倒是肩上背着一只平时给猪牛出诊的药箱，就拿不准他来是一个什么目的了，望着他脸假意埋怨道，不是听说你到市里卖脸去了吗？卖掉没有？卖给别人做什么了？我们也算合作一场，发了大财也不回来告诉我们！何秋生笑道，今晚我就是回来告诉你们的，我还是真的发了大财，这张脸卖了一百万，别人买去还是做兽医站，详细情况让我进来跟胡春来谈谈。孙春花绝不相信世上还有这事，却量他不敢来谋杀胡春来，便笑着迎他进去说，那就进来谈吧，春来今天一回家就说是心里难受，直挺挺地躺在床上，饭也不吃，跟你谈谈话说不定就好了。

何秋生一听胡春来病了，就知道了是拍卖师把他气的，心里得意却不露在脸上，进到屋里一看，床上真的直挺挺躺着一个胡春来，双手按在胸口上面，见了何秋生也不起来让座，分明是疼得顾不了这些。何秋生就弓着身子站在他的床边，伸长了颈子问，胡站长，胡院长，哦不胡处长，你哪里不舒服，让我来给你看看！说着就从肩上摘下药箱，打开盖子在里面找听诊器。孙春花愣道，你是给猪给牛治病的，怎么还能给人治病？何秋生说，你在兽医站里干了这么些年，怎么不知道人畜一般，病理病灶都有相通之处，不过是用药不同罢了。胡院长的心病我一看气色就明白了个八成，我给他打上一针保证就好。说着又在药箱里翻找针盒，吓得孙春花慌忙按住他的手说，你那是给猪给牛打的针，小指头粗的针管子，给人打还不一针就打死了！何秋生想了想说，那我就给他开个药方，你拿去给他抓来煎着喝了。

孙春花还是将信将疑，猜想今晚他到底怀着一种什么用心，过去他只叫胡春来的名字，现在却满口都是官职，莫非真是想谋杀胡春来，打针不行就来开药？就警惕地看他开些什么，有没有砒霜一类的毒品。何秋生从药箱里取出纸笔，边想边在上面开着药方，开罢交给孙春花说，这是唐朝一个名叫天际大师的石头和尚开的方子，传到如今不知道治好了多少人的心病，胡处长吃了准好。孙春花接过药方一看，上面写着：害人心去根，好肠肚一副，正派三成，老实七克，天理十分，劳动酌量，忌耍嘴巴皮子，良心一片作引，清白二水煎服，专治官迷心窍，鬼心眼子，心狠手辣，狼子野心，即服即愈。孙春花的脸上一红一白，身子抖了起来，抖得手里的药方嗖嗖直响，胡春来躺在床上忍着疼说，让我看看他开的什么药方！孙春花死也不给他看，把药方顺手揣进兜里，脸上却涩巴巴地笑道,他是跟你开玩笑的,一个兽医哪会给人看病!

胡春来就明白何秋生今夜是来报复他了,咬牙从床上硬撑起身子,脊背靠着冰凉的墙壁说,何秋生同志,你应该正确对待你的下岗问题,如果表现得好,组织上还会让你回来工作的,表现不好就不行了。何秋生看着胡春来说话时的痛苦表情,心里直想笑,但他忍住了,想说这个宠物医院马上要改回兽医站,并且要由自己领导,但他也忍住了,害怕此人会像很多小说里面描写的情景一样,心口一阵剧烈的疼痛,倒下去再也起不来了。何秋生就收拾好了药箱,站起身子,对他们夫妻谨慎地笑了一笑,然后告辞走了。

走在明晃晃的街道上,忽然耳边传来一声牛叫,不知道这声音来自附近的哪个村子,叫得忠厚但有力度,像是一头年富力强的健康的耕牛。何秋生的心里感到一阵安慰,回头望望,心想这个世界还是很不错的,它又要属于劳动者了。

行为不轨

1

很多年里我都在打听他,如同他也在打听我,仿佛我们是一对在第二次世界大战中失散的战友,其实不然。我打听他是因为我初学写作的时候曾经把民间流传他的一些荒唐之事写进了小说,那时我们还从未见过,相传在他道听途说了那篇小说之后,竟然步行三十里路到县城去买了一本杂志,拿回家来下令他的孙子念给他听,正在攻读小学三年级的小孙子不堪胜任,他又把小孙子的语文老师请到家中,吃喝已毕让这老师给他从头到尾朗诵了一遍。从此他将我铭记在心,每到年底总忘不了向人打听:"那个写我大年初一在堂屋挖茅坑的回来了没有?回来了你们给他传个信儿,说是我想会他一会!"

大约两个世纪之前,我们的祖先选择了同一个镇子繁衍子孙，这就造成了我们彼此相知的因缘。我不相信他会把我杀了，在他年富力强的时候我很少还乡，近些年我在老家过春节的次数逐渐增多，却听说他已老得不成名堂。最初我随着小镇上的一些人叫他绰号瞎搞，现在我得随着小镇上的另一些人叫他绰号加尊称瞎搞大爷，一个八十多岁的老汉，便是想杀也未必拿得动相应的武器。何况我并没有说他什么坏话，有些事情读者看了会觉得可笑，但并不可恨。

正好今年春天，美国的派克先生把我写于三十年前的那篇小说翻译成了英文，瞎搞二字被译作"不轨的行为"，那位对中国很多事情都感到好奇的汉学家来信问我是否真有这么一个人物？于是我下定决心，利用这次清明回乡扫墓的机会前往他的住地，自己送上门去，目的是拍一张我与小说原型的合影寄给派克先生，借此也不妨体验一下故乡的生活，既然他想会我一会，那就看他会过之后到底想把我怎么着。

他家住在镇子东头一个青石台上，据说还是土改时分得地主的两间砖坯瓦房，三十年前出现在我的小说里就很破败了，现在看上去更像是要崩溃的形势。两扇新旧不同的木门三七开地敞着，新的那扇肯定是后来换的，一条花狗横卧在旧的那扇门边晒太阳，一只眼睛睁着一只眼睛闭着，睁着的那只眼睛发现我有进去的迹象也懒得起身咬我。倒是听我呼喊瞎搞大爷，隔壁的一个女人应声出来替他作答："瞎搞大爷？你是喊瞎搞大爷么？瞎搞大爷到贵人那里吃酒席去啦！"

隔壁女人一手端着一碗稀粥，另一手握着一只粘了稀粥的勺子，那稀粥像是红小豆或者紫米熬的，把本来白花花的瓷勺染成了深色，只剩一截勺把子握在她的手中。她想用那只手为我指点一下贵人的住处，不料卧在门边的花狗闷吼一声向她扑去，吓得她的身子往后一个急退。我觉得问题很可能是那狗对她手中的餐具发生了误会，果不其然女人用勺子"当"地一敲碗边喝道："看清楚了再来！这是骨头？你瞎搞爷爷的眼睛也比你强！"

趁着花狗扫兴而去，她把那只狗眼中的骨头放进碗里，腾出手来迅速地往前一戳："戴个狗皮帽子坐在那里消停吃的，不是他是哪一个？"

她用手戳的方向是一片坟地，离这里估计有百十步远，其实我来的时候已经发现了那个目标，大大小小的坟头上插着那种名叫清明吊子的红绿纸幡，坟前各自摆着用于祭奠的不明物。根据我对家乡已有的知识，那不外乎是些瓜果点心肉菜之类，心细且讲究的还会为嗜饮的亲人放上一点酒水。一个头上戴顶帽子的瘦老汉坐在一座新坟前面，两只帽耳朵往两边炸着，是不是狗皮做的帽子无从分辨得出，但能比较清楚地看见他把一条腿翘在另一条腿上，一手握着一个亮晃晃的东西，另一手时而横着伸出去，时而又竖着举起来，举到与下巴平齐的位置，像是往嘴里喂着什么，连续喂上几次之后，亮晃晃的东西就在嘴边上下一晃。

我认为那个晃动的东西是一只酒瓶，玻璃或者白瓷的，这么说他就是在喝酒了，一边喝一边吃着下酒的菜，那都是活着的亲人献给死去的长辈的哀思。原来邻居女人说的吃酒席是在这个场合，所谓的贵人并非镇上的书记和镇长，而是如今已不再受他们管制的逝者，看来世上有幽默感的未必只是小说家。

起初我很想到那里去跟他相会，转念一想又觉不大合适，犹豫间忽然看见他把头上那顶不知是不是狗皮的帽子摘了下来，帽顶朝下用一只手托着，第二只手在坟前拣些东西装进帽碗里，然后慢慢地直起身子。这样一来那顶帽子就变成了一只小筐，装满丰硕的果实被他双手抱在怀中。或许是年事已高，也或许是喝了祭酒的缘故，往回走的路上高一脚低一脚的，一路走一路大声唱着一首流行歌曲，基本上每句歌词都唱错了，遇到连错误的歌词都没法唱时他就用一串弱音哼过去。

我等他快到门口的时候方才向前迎了几步，叫了他一声瞎搞大爷，接着报上自己的名字，眼睛重点观察他脸上的表情，同时伸出两只手。叫他这个名字我想他不会有什么意见，半个多世纪以来，除了他自己的儿女，小镇上的人都叫他瞎搞，何况我又在后面附加了大爷两字。而据小镇上的人说，他自己的儿女也只是当面不这么叫他，背地里是否人云亦云都很难料定,尤其是当他们发生某种摩擦之后。这个名字比他本名响亮,叫他本名别人往往不知所指,一说瞎搞很多人都会说是如雷贯耳。

看见有人在他的门口恭候,他的嘴里停止了哼唱,脸上的表情却波澜不惊,让人确信这是一位不同凡响的人物,见多识广,世事阅尽,便是美国总统要来他家吃饭他都不会感到半点意外。他站着把我看了又看,脑袋一会儿偏左,一会儿偏右,说出话来腔调怪异:"嗮唷,来了?"

接下来他并没有打算跟我握手,怀里抱着丰硕的果实是一个原因,心里仍在生我的气是另一个原因,还有一个原因大概是他并没养成握手的习惯。我就只好把手缩回来,彼此搓着,笑了笑说:"来了!老早就想来的,前些年没来不是怕您骂我么?"

我还记得小镇上有伸手不打笑脸人,或说开口不骂上门客的古风,就以为此人固然异乎寻常,但对这类古老风习也未必全盘推翻,他会先礼后兵,再正式追究我为何要把他写进小说的事。我没料到他完全不吃我这一套,脸色仍然一恶:"骂你?我还要打你哪!要不是你把我的名声搞成一泡臭狗屎,我早就是镇上的人大代表了!"

他咬牙切齿,向我扬起一只瘦巴掌,我的身子迅速闪开,再看那个动作悬在空中并没有落下的打算,原来是吓唬和调戏

177

我的，以此作为对我早年的报复。看见我这狼狈不堪的样子，他的脸上得意极了，转身进到屋里，把一帽子的祭奠之物放在地上。卧在门边的花狗自他进门就一直跟在他的后面哼哼唧唧，又在他的两腿之间钻来钻去，他从帽子里拣了一个最大的包子给它，接着又拣一个中等的递到我的手里。

"给我？"

"给你咋啦？轻易不来的人。"

"给我……吃？"

"给你吃咋啦？给死鬼吃的活人就不能吃了？活人吃了死鬼的东西还能避邪。"

"这要是让死者的儿女亲人听说了……"

"听说了咋啦？听说了不还得谢我么？世上有几个像我这样肯帮忙的？要不是我来帮忙野狗子得在坟上连吃带屙会搞成一个茅坑！"

他又说到茅坑，说到那个肮脏而不雅观的地方，也是他这一生中最著名的典故。听他言下之意还想把他发明的这种做法说成是助人为乐，甚至见义勇为，同时和避邪也挂起钩来，这样就可以得到官方和民间两方面的理解和支持。我觉得这两个冠冕堂皇的理由都站不住脚，坚持认为他是趁着这个鬼节到来之际去坟地里享用死人的祭品，纯粹为了节省一顿伙食，那里的饭菜质量和味道都比他家要高级得多。用他邻居女人的话说,相当于去吃贵人的酒席,吃完还能带些回来留给下一顿,连人带狗一家子都足够了。

但他为了掩盖自己的好吃懒做,偏偏要扯到帮忙之类的社会道德,又扯到避邪之类的民俗文化。这一点我敢替他担保,只要是味道好又能塞饱肚子还不用烧火架锅,不避邪他也会照吃不误。按照小镇上人对他的传说,做这事纵然中一点邪他都欢上加喜,别人不让他帮忙他还会半夜三更去偷偷摸摸地帮,至于野狗是否把某人的坟搞成一个茅坑,这事不在他考虑的范围。

我把他塞到我手中的包子退还给他,并不是因为给我的这个还没有给狗的大,也不是对他的两种理由都不能认同,而是我发现他那顶狗皮帽子的内层乌黑发亮,明显是长年累月攒下的油垢,不免会蹭一些在包子上。为了防备他再次赠送此物,我装作怕冷的样子把双手插进裤兜里,其实清明节后天气已经转暖了。

"您吃吧,吃好了再说,别急……"

我明知道他是吃好了才回来的。能在坟地里吃的东西带回来再吃,多此一举白白地浪费劳动不说,还相对减少了下一顿的伙食量,对他这样的人物来说会觉得很不划算。

2

我在他的破屋子里找到了一件小的家具,那是三十年前我的小说中出现过的一条板凳,根据小镇上人的介绍,它被我写成土改时分得地主土地、房屋、耕牛之外的财产。板凳的面子上像是涂了一层沥青,拿在手里有点儿黏糊,性质跟他那顶狗皮帽子的内层相似。我觉得在他家里断不会找到一张垫座的旧报纸,便把自己的两手铺在板凳上面,尝试着落下身子,不让裤子直接和凳面发生接触,以免起立时把它整个都带起来。

除此之外,屋里还有一张炸了两道缝的供桌,四条腿缺了一条,靠墙的那个桌角由一根没剥皮的枞树棒子支着,过去地主是用它摆放天地君亲师位牌的,分给他后改为在上面吃饭和做任何事。这张桌子我也曾经在小说里写过,同样是根据小镇上人的介绍,不想三十年后我才见到实物,我为自己很早以前就有这样准确的描写感到惊讶。

在我那篇源于生活的作品里,他有两个儿子,两个女儿,儿子和女儿又都有了自己的儿子和女儿,问题是他丧偶之后,他的儿女们宁死也不愿意跟他住在一起,具体原因双方各有不同的说法。那么就按期向他缴纳费用吧,大家的民主意见也很难集中,这个费用是叫养老费么?可他还没老到要人养的程度;叫赔偿费么?他又没被儿女打残;叫……总而言之,话里有一种名不正则言不顺的意思。

瞎搞大爷,那时候还叫瞎搞大叔,就把一条腿翘到另一条腿上,从容不迫地打出一系列比方道:"春季栽的红薯秧子夏季挖红薯,栽红薯的挑着红薯到集上卖,人老了没有?没老。秋季喂的鸡娃儿冬季下蛋,喂鸡的拎着鸡蛋到集上卖,人残了没有?没残。可那买红薯买鸡蛋的主儿推说人家没老没残就不给人家钱了?也没说不给的话。再者说了,这世上的事儿都是老祖宗传下来的,既然要钱就肯定是有要钱的道理,牛起栏,猪牵窝,畜生配种,样样不都要给钱的么?还莫说人,更莫说人下崽,从拃把长喂到五尺高,屎一把尿一把……"

越往下说话越逆耳,儿女们忽然记起自己生身父亲的秉性,料定再说下去必然还有更难听的内容,于是赶紧鸣金收兵,草草结束辩论。并且承认自己再怎么辩也辩他不过,就一个个表示了无条件地投降。

小镇上的人说,他把缴纳费用的地点定在自己私宅,时间是每月一次,有的月头,有的月尾,有的月中,这样平均下来大致每过七天他就会有一笔固定的收入,如涓涓细流汇入他这口干炸了裂的老池塘中。缴费之时,作为丙方的镇长如果工作万忙不能到场,就由他的隔壁邻居权当合同上没写的丁方过来见证。遇上某个儿女在某个时间段里资金短缺,经他同意可以用谷子、小麦、猪肉、菜油等物资抵消,斤两多少要通过他用本季度的价码进行核算,但是无论如何,红薯、洋芋、南瓜、萝卜之类的副食品他是坚决抵制的。

在这个问题上双方有过一次较量,某年秋季,他的二女儿的女婿挥汗如雨把一麻袋苞谷背到他家，他偏着头去看了一眼，转身打盆凉水给二女婿洗脸，洗罢了说："苞谷，是好苞谷，不过吃整的呢，我的牙齿嚼不动，磨成面呢，我又没有磨子推，放在这里要叫老鼠吃了，是算孝敬它的还是算孝敬我的呢？所以还是麻烦你把它背回去，今天晚了，明天清早让你媳妇回来一下！"二女婿脸上的汗刚洗去，一听这话又出来了，"嗨"的一声，重新背上一麻袋苞谷原路返回。次日他的二女儿并没遵嘱回家，却托一个可靠的人给他带来一笔变卖苞谷所得的现金。

又有一次小儿子出外打工，逾期很久还没给他寄回钱来，他又把孙子的语文老师请到家中，吃饱喝足之后提出请老师代他写一封书信，老师从孝感动天写到卖身葬父，从卧冰求鲤写到扇枕温衾，二十四孝的例子差不多都举到了，接着又夸小儿子自幼就以先贤为榜样，连长相都像故事书中的那个孝子王祥，最后写到他目前油干盐尽，夜无鼠粮，原本勒得梆紧的裤腰带如今已绰绰有余了。写完装入信封，收信人名字一栏写的是工头转小儿子收。

几天后他收到一笔汇款，又过几天他收到一封信，都是小儿子的，信上要他有话直说，不要弯来绕去，东扯葫芦西扯瓢。另外再写把信直接寄给自己，不要通过别人转交。他把这话记好了，下次再请老师到家写信，吃完了说，这封信不要头也不要尾,不要短也不要长,就七个字:老子要钱硬要钱。老师红着脸半天下不了笔,他的脸却一黑:"不写么?不写把吃我的喝我的都给我吐出来!"

大儿子想废除这个制度的念头已久,为此以合纵抗秦的战略串联了弟弟妹妹另外三家,此举没有成功的原因是他们之间已有文书合同在先,合同上面白纸黑字写着,甲方把乙方养大,直到嫁娶,乙方为甲方养老,再续个弦。从这一条的内容分析,此合同应该签订于他的老伴辞世不久,他们才会在供应爹的伙食同时还要引进一位后妈,这一条让他所有的儿女都心怀异志,感觉有一种物质和精神的双倍损失。

废除这个制度的主要障碍,是他们的合同在甲乙两方之外,另有一个从事监督的镇长作为丙方,名字下面还盖着一枚酒盅子粗的公章,说明他是代表镇政府的。这在小镇的合同史上是绝无仅有的事例,肯定又是出于他的主张无疑,儿女们当时都没引起足够的注意,等到明白过来为时已晚。合同执行了一年,也就在第十三次落实缴费的时候,他大女儿的女婿突然提出减半,道理是俗话说女婿为岳父的半边之子,既然这个儿子并不完整,那么就不能跟两个儿子一样费用平摊。

瞎搞大爷,那时也还应该叫瞎搞大叔,听了以后闷声不响,起身拿了合同就去镇委会,开口要向镇长借一把解锯,顺便再请镇长安排一个拉下锯的壮劳力,镇长问他想干什么,他说想把大女婿上自鼻梁下至肚脐眼从中锯开,这样就好按照半边之子的说法进行核算了。吓得镇长火速带了一名武装干事随他到家,教训了妄想减半者一顿,还要用绳子将其捆去住学习班,大女婿立刻软了,承认和媳妇加在一起就是一个完整的儿子。

关于他盖在合同上的那个印章,小镇上一直流传着三种说法,一说是他自己用萝卜雕的,一说也是他自己用熏豆腐干雕的,另一说他根本就不具备雕刻章子的文化水平,由于小的时候他哥读书他不读书,至今他只会写一个核桃大的"金"字,还往往把第二横下面的两点写在第一横下面,更多的时候则索性写成了"全"。所以,他既不会自己雕刻章子,也觉得没必要花钱请别人雕,只蘸着印泥在合同上按了一个大拇指印。然而自从镇长带了武装干事下来干涉他家的内政,四个子女一想起那个大拇指印就像看见一只瞪得血红的眼珠,便都记住合同上的各条内容,每月按期如数执行,有时还互相提醒一下。

只有续弦一条时至今日尚未兑现,这一条被他排在和养老并列的位置,下面的细则写着,四个子女中若是有人做到,可以免费三年。儿女们为了节省这笔开支也都在积极地争取着,怪只怪他们从远处谋来的女人往往跟他只见一面,回去就带口信说自己能力有限,对他的四项基本原则顶多只能做到一项。有一次小儿媳妇给他领回一个丧夫的大妈,住了七天,眼看要定局了,第八天清早那个寡妇突然失踪,吃饭的供桌上用蒜钵压着一张翻过来的纸烟盒子,上面错字连篇地写着:"八杯(辈)子都没鱼刀(遇到)这样的怪屋(物)"。这个烟盒的反面就相当于一张证明,证明此事是不能怪他的儿女们。鉴于小儿媳妇的孝心已经尽到,他当众减免了他们一家本月应缴的费用,同时自觉得年纪越来越大,一狠心把这条要求也取消了。

现在,这位传说中的人物坐在另一条黑板凳上,像是坐在坟前那样跷着二郎腿,响亮地打了一个散发酒气的嗝儿,开始对我言归正传。

"你写我的那些事呢,有的是的,有的不是的。大年初一在堂屋里挖茅坑,那个事有,可是那个原因你没写对。房子,是我家祖上的房子,我们老大也不跟我打个商量,就把东边的那一半归了他,遭西晒的这一半分给我,这简直就跟大独裁者希特勒一样,明明是欺负我这个老实人的,所以的话呢,趁着过年我们老大家里来客,我就在两家共用的堂屋里挖茅坑!那一点你写对了,光挖不行,人家还以为挖的是红薯窖,我又挑来一担粪桶摆在门口,里面还有小半桶新鲜屎尿,风一刮臭得直钻脑髓,这一来就像是茅坑了。"

"真亏你想得出!"

"不这样行么?挖着坑我们老大出来了,我也就是要他出来！他出来先给我来硬的，不行，后又给我来软的，也不行。他说我把金家的脸都丢光了，我说我挖的是我这半边，又没有挖你那半边，丢也只丢我这半边的脸，你那边脸还在咋能说丢光了呢？你真是在太平洋上挥旗子，管得宽！说着话他们家的客人都快来了，他老丈人、老丈母、大舅子、小姨子，还有一个是给他做媒的族长，没办法他只好向我告饶，按我说的条件乖乖儿给我……"

"族长？就是你把他家少奶奶怀里的儿子一把夺走，抱到祠堂里去烧香磕头，说是祖宗保佑你儿子长命百岁的那个族长？"

"你真是好记性！这事你也没写错，可你又把原因写错了，你写那个儿子是我们族长的，我偏说是我的，我想敲我们族长的竹杠，你不晓得那个儿子本身就是我的儿子！你也不晓得我们族长的小老婆在娘家时就是我的相好，她还没嫁给我们族长之前就已经给我怀上了，正商量着哪天跟我私奔，想不到她娘家惹了一场人命官司，轻则要坐牢，重则要杀头，只有我们族长出面才能摆平，她家就只得硬生生把女儿给了他！我们族长夺了我的女人又得了我的儿子，不承我的人情，不说半个谢字，反转过来还要抓我去当兵，我能不给他一点颜色看看？"

"哦，原来还是这么回事！怪我那时年少无知，道听途说，知其然不知其所以然，把族长少奶奶怀里究竟是谁的儿子这个首要问题给搞错了！听说后来土地改革，又镇压反革命，工作队把他们都划了剥削阶级，这事我没写错吧？"

"这个你写对了，都错了那还行？土改，我们老大划了个地主，财产全部没收。镇反，我们族长划了个恶霸，当场嗵的一枪，三个老婆也被人家分走了，小老婆归了镇上一个打单身的杀猪匠子，杀猪杀得他一身的黑毛！"

"族长的少奶奶是你的老相好，还跟你生过一个儿子，你怎么不把她给分来？"

"你想得对么，当时我也是这么想的，她呢更是打破脑壳想要跟我。可我前思后想，后想前思，最后一咬牙，不能要！跟别人一睡几年不说，最可气的是我把她怀里的儿子夺走说是我的，她倒哭着嚎着帮她族长男人说话，骂我不要脸！王八无情，婊子无义，这样的女人我还要她做啥？要了她我还算是男子汉大丈夫了？"

"这些细节我都不知道的！不过我有一个疑问很想问你，刚才你承认在你兄弟二人共用的堂屋里挖茅坑，还摆了一担种地淋肥的粪桶，这证明你是有房屋和土地的人，你的房屋和土地自然也是祖上分给你的，那你怎么土改时又划成了贫雇农呢？你的那些产业都到哪里去了？"

"土改划我贫雇农么，是我把祖上分给我的房子卖了，分给我的土地和耕牛卖了，分给我的财产家业大半也都卖了，你写的原因是我吃喝嫖赌，整了个精打光，这就又搞错了！真话说我完全是上了一个鬼人的当，他把我叫去灌醉了酒，让他嫁不出去的老姑娘跟我睡在一张床上！都说我叫瞎搞，这个鬼人那才应该叫瞎搞！可他恰恰吃了一个大亏，土改工作队把本来是我的地主划给了他，这就活该他被扫地出门，饿死了……"

3

我对他醉酒以后的故事发生了兴趣，极力怂恿他说下去，他发觉我的意图之后却转移话题，反而向我追究另一件事，他问我当年写他的那篇小说挣了多少稿费。当然他不会说稿费这两个字，他说的是票子，说的时候还把右手的大拇指和食指搓了一下："你那样做不等于是个人贩子，把我给拐卖了么？你到底把我卖了多少票子？"

"当时的稿费标准低得很，好像才几十块钱，不到一百块钱。"

"那也抵现在的好几百块，你少说得给我分一半。"

"好说，好说，哪天给你拿来就是！"

"我不是跟你说瞎话，您身上未必连几百块钱都没带，还说哪天给我拿来？"

我注意看他脸上的表情，真的不像在跟我说瞎话，就慢慢收起笑容,也变得认真起来,把手伸进上衣兜里,掏出里面所有的钱,挑出两张整的给了他说:"就算不是因为那件事,今天上门来看你不也应该带点儿见面礼么?"

他居然不客气地把钱接了过去,还举在眼前照了照上面的水印,确认是真币以后才收进他的兜里,古里怪气地笑了一下:"那我就不客气了啦,早先就听说你们来钱快当得很,在纸上划拉几下人家就给你汇来,现如今更好了,笔墨纸砚都不要了,连邮政局也懒得去了,电脑里几按几按,嗖——"

我也笑了一下,发觉他懂得的东西还真不少,几乎要与时俱进了。同时我也感到从他古里怪气的一笑开始,我们之间三十年的恩怨似乎已经真正化解,从此应该彻底的轻松起来。

"刚一见面你说我把你的名声都搞成了一泡臭狗屎,不然你早就是镇上的人大代表了,真有其事?"

"真有假有你问镇长去,那一年我不只差十几票么,反对我的人说连书上都写着我耍流氓,指的就是你写的那个,把族长小老婆的儿子夺过来说是我的……就不该镇长都换好多茬了,要问还得问老镇长……新的一个不务事,只搂钱,连金公祠都敢卖,省里人都下来了,过几天就动手拆里面的门窗梁柱,门上的牌匾也要摘走,说那是皇上老师写的字!"

这是一个无意中获得的消息,此前我也似有所闻,在清明回家的火车上,邻铺的一位建筑学家和我谈起南方的民居,说到上面要把一个小镇的百年祠堂迁往省城,建一座有南派风格的民俗博物馆。当时我还十分困惑地向他提问,那要多大的汽车才移得走呢?他说谁个去移房子,把房子里有代表性的结构和装饰拆下来,用车运到选定的新址,依葫芦画瓢地复制一个不就是了?现在一听我才知道,上面要拆的正是我们小镇的金公祠。

金公祠是小镇保存最好的一座祠堂,至今已有一百多岁的年纪,与它规模相差不下的祠堂过去还有几座,20世纪中期以来都被拆了,说它是封建主义和资产阶级的东西,砖瓦搬走砌了猪圈,梁柱运去盖了队屋,门窗打烂塞进砖瓦窑里做了柴烧。据说每一次来人打金公祠的主意,每一次都遭到金氏家族的全力抵抗,那里面有一个足智多谋的核心人物,就是著名的瞎搞大爷。不过他当时还叫瞎搞,或者叫瞎搞大叔,究竟他采取一些什么战术打退了对方,历来的说辞很多,不是一两个版本能统一的。

"哎呀,原来真有这样的事!过几天?你刚才说他们过几天就动手?"

"让我算算啊,今天,明天,后天,大后天,大后天的一清早。"

"那不只剩下三天的期限了?想起来了,我听人说这个祠堂能活到如今还多亏了你,你都用了哪些兵法?"

"我又不是鬼谷子姜太公，孙武孔明刘伯温，懂个啥的兵法将法，那都是临时被逼出来的么，车到山前必有路，到哪一步说哪一步的话。"

"三天后他们来人，你还去不去？"

"那是当然，他们都通知我了，麻烦我那天再去一下，我说麻个啥烦，我又不姓银，我又不姓铜铁锡，不都是一个金字掰不破么？不过的话呢，这一仗要是打赢了，你们得给我也雕一个像，摆在祠堂供台的第十个位置上，我数着供台左边有五个人，右边才四个人，两边一多一少看着别扭得很，活像是人的两条裤腿一长一短。"

"这个要求可不算低，那是一个宗族的精英才能享有的荣耀！"

"他们能是，我咋就不能是？上面要拆金公祠，让供台上那九个人下来挡着试试？"

我想了一想，觉得他的话也不无道理。虽然我是这个镇上的人，也虽然金公祠名声显赫，知之者众，可惜我从小在镇上的时候政治运动不断，运动结束以后我又离开镇上，因此一次也没去过这座大名鼎鼎的祠堂。但我听说祠堂供台上的那九个雕像都是本地金氏一族的功臣，第一个是两百年前从遥远北方迁徙来的祖先，第二个是清朝末年的朝廷商务大臣，第三个是美国旧金山的亿万富翁，这人目前还活着，不过改了名字，叫做什么约翰金了。再往下的六个我已有点儿惚兮恍兮，只还记得刚改革开放那年有一个在外面做煤炭生意的金老板，他愿意出一千万重修祠堂，条件是给自己雕一个像摆在第十位，结果遭到全族人的一致耻笑："实在要这么不自量，我们就拿煤炭面子给他捏一个，塞在墙角角里！"

金家人请他保卫自己的祠堂，我对这事既信且疑，疑的是他的两条腿和两只胳膊一样粗细，两只胳膊又和两根麻秆相差无几，而他的一双手却分明是一对鸡爪子，只恐怕保卫不了祠堂不说，反倒还要让保卫祠堂的人来保卫他。然而我相信镇上人对他从前的传说，传说中的他几乎是所向披靡，无往不胜。

"那我过三天也去看看，不就是大后天的一清早么？我看省里来的头头如果是个女人，你不会夺走她的儿子说是你的吧？如果是个男人，你也不会在堂屋挖茅坑吧？这次人家就是要拆走祠堂里的东西，别说你挖茅坑，你连墙都挖倒他们才高兴呢！"

"高兴？我叫他们高兴不成，想看你就看去。"

"那我走了，三天后祠堂里见。"

我从上衣兜里掏出一只袖珍的照相机，提出要跟他照张合影，作为神交三十年后终于见面的纪念。他巴不得一口答应，立刻从地上拿起那顶帽子，把里面的祭品摆在炸了两道缝的三条腿供桌上，帽碗倒过来重新在头上扣好，还像京剧里有身份的人物那样双手正了正冠,然后跟在我的身后走了出来。他的邻居女人说得不错,现在我才是看清楚了,他那顶帽子还真是狗皮的,不过狗皮上的毛掉了三分之二。他见我走到他的邻居门前站住,猜中了我的心中所想,朝着屋里喊了一声:"出来,出来给我们按一下快门,这位姓野的先生要跟我合个影,想带回京城去给他太太看,说他老家有个罪大恶极的坏老汉么!"

他的声音洪亮,动作夸张,带动着往两边炸开的帽耳朵一颤一颤。他还懂得按快门,兴许是从慕名前来和他照相的人嘴里学来的行话。邻居女人闻声第二次出门,从我手里接过相机,指挥着我和他摆好姿势,啪的一下就把我们照了下来,相机还回我手里的时候,她顺便小声地说了一句:"没骗你吧?是不是到贵人那里吃酒席去了?"

我大笑着告诉她说:"下次我还要来,你得多准备他一些好听的故事,我就是他说要会一会的那个人。"

"噢,你一来我就猜中了。"邻居女人说。

那条花狗还卧在门口晒太阳,一只眼睛睁着一只眼睛闭着,睁着的那只眼睛对我从它面前走过仍然持一种视而不见的态度,倒是一见它老主人的身影就纵身站起,先是尾随在他的后面哼哼唧唧,接着又在他的两腿之间钻来钻去。我发现他的手中不知何时又拿了一个包子,是曾经被我退回去的那一个,第二次塞进狗的嘴里，狗立刻就沉默了。他把我送出门外又送了一程，我忘了见面时和他握手的事，再次向他伸出双手，这一次却被他快速地抓住。不过他用一只手把我的两只手合并在一起，使出劲来往中间攒着，让它们的骨节硬对硬地互相挤压，发出痛感。

截至目前我已经握了三十多年的手，基本上什么样的手我都握过，握的方法千篇一律，区别仅在于时间的长短，分量的轻重，摇度的大小，但我从来还没经历过他的这种握法。我感觉他这不是握手，而是掰手腕，比手劲，示威和叫板，让对方低头服输，甘拜下风，跪地磕头如捣蒜嘴里直喊老爷饶命。想不到一个八十多岁的瘦老汉，他这只鸡爪子一样的手还那么有力，简直像是一把老虎钳子，随着他脸上肌肉的颤动越来越紧，似乎存心要把我的双手捏成一只。

我大吃了一惊，终于忍不住吸溜着嘴，从他的手里拔出我的手来，在空中甩了几下方才把它们分成两只。

"太厉害啦，照这么看您能活一百多岁！"

"一百多多少？"

"一百六！"

"少了，我想的是二百五。"

他用这样的话对我的奉承进行挖苦，说明他的脑子非常管用，比一些历史上的大人物都清醒得多。我就笑了一下，伸出疼痛还没过去的手拦住他说:"别再送了,大后天的一清早我们不是还要在金公祠见面的么?"

"你真要去的话,就记着把刚才照的合影洗一张给我,那上面有我的相,没有我的批准你不许随便往外登,再要是跟上回那样我可真的要骂你了!"

没想到他提出这么一个要求,他还懂得保护自己的肖像权,我想笑又觉得没有理由,因为他的要求并不算错。我一脸严肃地答应了他,起身出门,挥手而别。

4

三天之后的这个清早,我比过去提前起床,匆匆洗漱已毕,在小镇的摊点上吃了多年没有吃过的特色小吃,然后徒步直奔金公祠。金公祠在这个镇子的西头,跟瞎搞大爷所住的东头正好分居于镇的两端,如果我们同时去往那个目标,他的路程会是我的两倍。我不希望今天落在他的后面,原因是想亲眼看到他出现在金公祠时大家的反应,特别是他对我说的那些保卫祠堂的人。

虽然我已有了一定的想象,但我仍没料到这里完全是一个战争的场面,大约有一百多条壮汉手握锄头、薅耙、扁担、扬叉之类的农具,威风凛凛地站在祠堂门口。背后是数目相等的老人和妇女,也都各自拿着棍棒和菜刀。还有一些十岁上下的孩子夹在两排大人中间，一手捏着一个石块或者砖头，不时窜到门前的大场院里演练一番向前抛掷的动作，被壮汉们一声吼了回去，又被老人和妇女捉到自己身边，用手攥住。

从阵势上看这些人天不亮就来了，根据之一是他们的队列齐整，井然有序，之二是我发现有个小孩双手端着一只长把电筒，里面能装三到五节电池，像端冲锋枪一样对着假想的敌人进行扫射，这就更加透露出有人是走夜路来这里集合的。他们同仇敌忾，严阵以待，怒目而视的前方是一条正好可以开进一辆小车的土路，我就是顺着这条土路找到的金公祠。

昨天我见到的邻居女人居然也在这支保卫祠堂的队伍里，她先看见了我，扬起一只手来远远地向我挥动，和站在她周围的人们相比，她的那只手好不容易是空着的，但她挥手时身子往前挤了一下，另一只握着器械的手就亮了出来，是一把剁骨头用的小斧子。我也扬起一只手来向她挥着，仿佛与相识已久的朋友在异地重逢，还大声地向她问道："他来了么？"

邻居女人回答的什么我没听清，或许她也没有听清我问的什么，因为这时正好响了一声汽车的喇叭，把所有人的注意力都引了过去。

喇叭声正是从那条不宽的土路传来，一支车队摇头晃脑地开向这里，总共有十多辆的规模。它们大多是小轿车和越野吉普，中间夹着一辆两头一般粗的面包，在前面开道的是一辆白色的警车,一辆锃亮的黑车紧随其后,按规矩这里面应该坐着此行最大的官员。尾上有一辆大卡车开到中途停下来了,可能土路太窄限制了轮子,它就像一头死牛那样卧在路中。司机打开车门跳到地上,围着车身前后左右视察一番,然后蹲在路边,火光一闪像是点燃了一支烟。集合在祠堂门口的人们看见这支浩浩荡荡的车队,顿时神情紧张,瞳孔放大,有人领头喊了一声"来了",后面跟着就响起一片愤怒的叫骂声。

除了那辆无法再开的大卡车外,这支车队全部开到祠堂门前的青石坎下,一字儿停在那里,车门纷纷打开,从车里跳下身穿各式服装的人。面包车里出来的人数众多,穿戴齐整,有的是蓝色制服,有的是灰绿两色的迷彩服,前一种头戴大盖帽,手里拿着黑色的不明物,后一种头上扣着钢盔,双手紧握冲锋枪。从小轿车里出来的人身穿灰色夹克和黑色西装,他们手无寸铁,但是恰恰他们威风更甚,其中黑色西装颇似战斗故事片里的指挥官,面向大盖帽和钢盔做出一些电影中我们曾经看到过的动作,类似进攻、迂回、包抄、占领某个军事要地等等,那些通俗的动作对方也一看就懂。

最后从一辆黑车里出来的是一男一女,看来这二位的身份比以上都高,兴许他们是从省里和市里下来的人,身上的洋气非当地人的各种服装可比。清明刚刚过去,乍暖还寒时候,女的穿着红色裙子,男的穿着白色风衣,宽大的裙摆和衣襟在晨

197

风中猎猎飘动,一下车就被众人围在核心。这二位谁也不看,仰面朝天,径直向着祠堂大踏步走来。

在祠堂门口那排手握农具的壮汉背后,一个妇女着急地说:"这个瞎搞大爷,咋还不见他一根人毛儿?"

一个老人就担心道:"他该不会是晓得这个阵仗不敢来了吧?"

一个壮汉把自己的锄头在砖地上响亮地一杵:"他来又咋?不来又咋?他来又能把上面人给治了?不来我们手里的家伙成了擀面棍不成?"

那个着急的妇女并不是刚才和我打招呼的他家邻居,他的邻居女人似乎一点儿都不着急,她将那把剁骨头的小斧子一会儿换到左手,一会儿换到右手,一会儿担心掉下去剁了自己的脚背,或者斧口划伤了身边的自己人,又改用双手横握着端在怀里。我想起那天她和那条花狗的对话,接着又想起狗的主人,想起已和他约好今天在这里第二次见面,还要把我们的合影送他一张的事,眼睛就向那条通往这里的土路望去。我满心希望还能重复一遍我们初次相见的情景,一个头戴狗皮帽子的瘦老汉嘴里唱着流行歌曲,高一脚低一脚醉醺醺地走向他们本族的祠堂。随着这个传说中人物的驾到,这场尚未开始的战斗就结束了,具体的措施我想象不出。这并非我的智力低下,而是半个多世纪以来小镇上的凡夫俗子对他要做的事永远都始料不及。

身穿红色裙子和白色风衣的省市来人率先出现在祠堂门前，但是他们一见守卫在门口的壮汉就止步了，那个女人接着还向后面倒退了一步，回头看看身穿黑色西装和灰色夹克的人。黑西装和灰夹克回头再看蓝制服和迷彩服，他们也都回头向土路上的那辆大卡车观望。大卡车仍然像一头死牛卧在路中不动，从车里跳下来一群刚才我没看到的人，他们身上穿着颜色和式样都乱七八糟的衣服，头上却一色戴着橘子黄的头盔，肩扛钢钎、铁锤、镐头、斧子、大锯，还有楼梯等干大活的工具，邋邋遢遢地朝着这里走来，远没有前面那些人的态度积极和踊跃。我敢断定，他们是黑西装和灰夹克用很便宜的价格雇请来的农民工，来这里拆卸门窗梁柱以及匾牌，那些蓝制服和迷彩服只是充当掩护他们的角色。

邋邋遢遢的农民工被指挥着上了前线，面向手握农具的壮汉慢步走去，但是走到双方只有一米远处站住了，因为眼前的人都以八字脚把自己钉在地上，相互紧挨，像一堵横在那里的矮墙。有的已经把手里的农具扬起了一半，意思是谁敢再前进一步，那些锄头薅耙百分之百就会落在他头顶的黄橘子上。农民工扭过脸去看看自己的身后，希望那些蓝制服和迷彩服冲到他们前面，用枪支弹药威胁那些壮汉放下手中的冷兵器，左右闪开，保护着他们去进行这种一不小心就有生命危险的施工。

"这个瞎搞,再不来可就看不到这台好戏啦!"保卫祠堂的人对他抱怨起来,取消了绰号后面的大爷两字作为惩罚。

"不该瞎搞的时候他要瞎搞,该瞎搞的时候他又不瞎搞了!"还有由抱怨变成的讽刺和挖苦。

"呔,他的话你们也信?"这句话像是总结,对他的一生都进行了否定。

连我这个局外人都感到了失望,甚至可以说是后悔,早知道他临阵脱逃我一人来到这里干什么呢?看人锯柱卸梁,拆窗下门?看人打架斗殴,头破血流?看人像电视里上演的悲剧一样,为了争夺物质财富而要付出生命的代价?我在保卫祠堂的人群中再次找到了他的那个邻居女人,很想问她一句在她出门的时候他是否已经出门,朝哪个方向走的,手里拿的什么。不过由于此前的一次招呼没有打通,我担心她这次也不能听到,就又收回了这个打算。

蓝制服和迷彩服只好换到农民工的前面,但他们未到关键时刻,在没有接到命令之前,现在还不敢擅自使用枪支弹药,只能用手把那些守门的壮汉往两边扒,往后面搡,往不挡道的地方呵斥。这样一来他们虽然手里有枪却跟没有枪是一样的,而一旦持枪成为形式主义,这些人就远远不是那些人的对手了。一场试探性的短兵相接下来,有几个冲在第一线的迷彩服身子一歪倒在了地上,他们的脑袋之所以没有开花,那是特别能抗击打的钢盔发挥了作用,幸亏他们头上戴着这个东西,也幸亏是他们被派到战斗的最前沿。

"胆大!你们不把镇上领导放在眼里也就罢了,你们竟敢不把县上领导放在眼里!"灰夹克用手指着黑西装,对他们厉声喝道。

"尤其当着省里和市里领导的面,你们竟敢暴力抵抗,违犯国法!"黑西装侧了一下身子,指着身后的红裙子和白风衣说。

这句话让祠堂门前暂时肃静下来,身后的红裙子和白风衣趁这机会跨前一步,和他们并肩站在一起。

"喂,穿黑衣裳的,就是刚才说话的那个,眼睛到处望个啥?我说的是你哪,刚才你说啥来着?法?是说法么?法字咋写?我问你那个穿黑衣裳的!"一个古里怪气的声音出现了在保卫祠堂的人们背后,这声音是我昨天第一次听到过的。

保卫祠堂的人们差不多同时回过头去,认出那正是他们翘首以待的大救星,头上戴一顶掉了毛的狗皮帽子,两个帽耳朵往两边炸着,眼袋下面沾着好几处眼屎,分明是早上起来连脸也没有洗。一只花狗尾随在他的后面,跃跃欲试地龇咧着长嘴,把一条巨大的红舌头搭在牙齿外面,肚皮一起一伏的随时准备着扑出去。

我往前走了十多步远,向他招一招手,料定这距离他也能看见我，就用手在衣服兜上比画了几下，意思是里面装着我们大前天的合影，我已加紧洗印出一张，言而有信地给他带来了。但他脸上的表情是目前根本不能顾及这事，他的注意力只在那个黑西装上。

"怪不得都没看见他啰，原来是藏在我们后头！"

"肯定是昨天夜里就来了，跟他的狗睡在祠堂里！"

"刚才还有人骂他，真是活背冤枉，在祠堂里冻了一夜！"

他们纷纷用这样的话为他平反，后悔自己刚才一不冷静错怪了他。

5

保卫祠堂的人们因为他的出现显然增加了不少底气，有的还偷偷地笑着，把锄头之类的农具交到一只手里，腾出一只手去拉躺倒在地上的迷彩服，自以为这是优待俘虏。

"起来，起来，对不起啊兄弟！"

"你是什么人？那个老汉！"黑西装用手指着他问。

"你不是叫我老汉么，没叫错，我就是个老汉，八十多了，是个老老汉。"他回答说。

人们虚张声势地大笑起来，连对方的阵营里都有人笑了，但是回头看了一眼又立刻忍住，冷着脸等待事态的发展和变化。那个用手去拉迷彩服的壮汉笑得一抖，眼看快要把人拉起来了，胳膊一软又放了下去。

"我问的是你姓什么？叫什么？是做什么的？"黑西装觉得自己受了污辱，自尊心有些接受不了。

"早这样说不是怪省事的？我姓金，就这个金公祠的金，叫金德华，绰号瞎搞，瞎搞大叔，瞎搞大爷，咋叫都行，叫我瞎搞祖先人我也没有半点儿意见。做啥的么？跟你这大年纪时啥都能做，现如今岁数大了，重的做不动了，只能做些轻的，喂喂狗，捡捡粪，管管闲事，跟这些晚辈娃子们一起守守祠堂。"

对方有人轻轻发出一个嘘声，随后小声地说："他就是瞎搞啊……"

"他就是瞎搞，大年初一在堂屋挖茅坑的那个……"灰夹克转脸对黑西装说了一句，说完又及时地转过脸去。

"原来你就是瞎搞，久闻大名！"黑西装双手抱拳对他拱了一拱。

"还有叫这个名字的？"红裙子有点儿迷茫地问白风衣。

"可能是个绰号，胡来、乱来、瞎来的意思。"白风衣想当然地解释着。

"客气了，阁下是县上领导吧？刚才对你说话的就是镇上领导了？还有那二位，一位穿红衣裳好像是个女的，一位穿白衣裳是个男的，你们是市里下来的领导和省里下来的领导？辛苦了！我们这里的山路不好走，又远得很，女领导爱晕车，路上吐了没有？"他一个一个地对上了号，口气十分关心地问着。

"省市领导这次下来，专门就是为的这事。"灰夹克说。

"好，我想请教从省里到镇上这一串子领导同志，今天带队伍来与金公祠为难，何不先跟金公后人打声招呼，征得许可哇？金公祠一没长手，二没长嘴，砖瓦土木一堆，一百多年安分守己，又因何事冒犯了你们？我听阁下说到犯法二字，自古私闯民宅就是犯法，拥兵持枪毁坏公祠，岂不是犯了更大的法么？"

"省里要建民俗博物馆，看遍全省七市四十九县，就看中了贵镇的金公祠，这本是一个好事，喜事，大事，值得庆贺之事，作为金公后人辈分最高的瞎搞大爷，积极配合政府，说服族人，协助省里取走他们需要的东西，才是镇民百姓应尽的义务……"

"说得好，那就请选出两位代表进祠堂去坐下说吧，你们叫作谈判，我们叫作打个商量。总而言之是君子动口不动手，何必在门口打打杀杀，金家世代礼仪待人，上门为客，生意不成仁义在，茶总是要喝一口的。选哪两位？请——"

他伸出一只瘦得像鸡爪子的手，在省、市、县、镇四级领导面前从左到右，像沏茶一样一杯一杯地沏过去。

"当然是省里领导。"黑西装说。

"市里领导也算一个。"灰夹克补充说。

"安全么?"白风衣谨慎地向祠堂里看了看,发现里面光线有点儿不好。

"这个是没有问题的。"灰夹克笑了一下,觉得这种担心非常可笑。

"你能保证绝对?"红裙子生气地问。

"这样好吧,再带两个人进去。"黑西装想了想说,眼睛开始在蓝警服和灰绿两色的迷彩服上移来移去。

"那就这么着,你说呢?"白风衣征求红裙子的意见。

"反正我陪着你。"红裙子表态说。

"没事。"灰夹克又笑了一下。

"那就这样,去两个人,再带两个人,其余的在外面待命,进!"黑西装的手往前面指着,头向左边偏了一下,一绺头发耷拉下来,他用另一只手把它扶了上去。

蓝警服和灰绿两色的迷彩服应声出来了十好几个,其中有一个是刚才被锄头打闷过的,休息一阵现在又能缓过劲儿了。黑西装从中挑出两个最壮实的,一个蓝警服,一个灰绿两色的迷彩服,对他们挥了一下胳膊。

"保护好省里和市里的领导!"黑西装嘱咐说。

"是!"被挑中的蓝警服和迷彩服光荣地响应道。

瞎搞大爷不动声色地看着他们排兵布阵，运筹帷幄，像他身边的花狗一样睁一只眼闭一只眼，直到对方部署已毕，他才把两只眼睛全都睁开。

"现在敢进去了吧？"他认准了黑西装问。

"问他们那边有多少人。"白风衣也对黑西装说。

"你们有多少人参加？"黑西装问。

"多少？要那多人做啥？一不是吃酒席，二不是打群架，不就是动嘴皮子么，有我一个还不够了？你们都把心搁到肚子里去，我说行，你们就下令上房，我说不行，你们就班师还朝。"他用瘦手拍了一下更瘦的胸脯，发出的响声像柴棍敲击中间有个空洞的枯树。

四级领导一道笑了起来，挑选出来的两个保卫人员也跟着笑。

"不过实在要嫌少的话呢，那就再加一个也行。"他等他们笑过了说。

"什么人？"对方顿时又紧张了。

"读书人么，今天专门来看祠堂的，把他拦在外面不让进来那不是看不成了？这人不中用，大前天上我家去，出门时跟我握个手就把他给握疼了！有句古言是咋说的来着，一双手连只鸡子都逮不住……"

我没想到他会让我进入谈判的核心，直接了解此案经过，似乎存心成全我写出一篇新的小说。这事对我来说求之不得，我就迎上前去配合他道："那句古话叫手无缚鸡之力，夸张了，和军人格斗我远不是对手，但我捉鸡的力气还是有的。"

"行吧行吧。"红裙子草草打量了我一眼，认为我对他们并不构成任何威胁。

于是我们一同进入这座闻名遐迩的祠堂，转弯抹角来到祭祀祖先的那间正厅，围着一张雕花的八仙桌子坐下，这张八仙桌可比他家那张炸了两道缝的三条腿桌子要气派得多。我选了一个居中的位置，这里有利于观察那两排被供奉的雕像，数了数果然一边有五个人，另一边只有四个人，他把它们比成一长一短两条裤腿的话虽不好听，却也比较精辟，更好的比方我一时还想不出来。一个伶俐的小姑娘把一碟瓜子和一盘水果放在八仙桌上，接着又端来一壶茶和一摞茶碗，这证明金氏家族的人已先期做好了谈判的准备。

小姑娘为大家逐一斟上茶水之后转身离去，这里只剩下两方谈判的代表。瞎搞大爷坐在一方的正席，一条腿翘在另一条腿上，花狗端坐在他的身边，两眼死盯着对方红裙子下露出的白腿，搭在长嘴外面的舌头一颤一颤。

"我不坐在这里。"红裙子胆怯地提着裙摆起身，换了一个离它远些的位置。

"它不伤人，你莫看它长得丑，可它心眼儿不坏，跟那些卖相好一肚子坏水的东西不同,你咋吼它骂它,它都给你看家护院,不是吃闲饭的。"他用手摸着它心脏的部位说。

"我们以茶代酒,喝了开始谈吧,时间不早了。"白风衣端着茶杯说。

"我先说。"红裙子抢先开口道。

她从国外说到国内,从中央说到省市,从博物馆说到金公祠,从抗拒拆卸说到主动献出,从违法犯罪说到立功受奖,两片用颜色染过的红嘴唇像一开一合的花瓣,最后好不容易才闭住了。瞎搞大爷闷声不响地盯着她,像是盯着电视里的女播音员,被她忽高忽低的标准声音所吸引,他的两只眼睛出现了奇观,时而睁着左边一只闭着右边一只,时而睁着右边一只闭着左边一只,这样直到她住嘴以后,他才把两只眼睛同时睁开。

"说完了没?"

"说完了。"

"我能说了么?"

"说吧。"

"那我就说了,我只说一句,昨天早上我进了一趟县城,到你们住的那个鸳鸯宾馆视察了一下……"

"不是鸳鸯宾馆,是凤凰宾馆,老百姓看也不叫视察,叫参观。"白风衣纠正他道。

坐在他们一左一右的两个保卫人员,一先一后地大笑起来。

"哦,还是凤凰宾馆!怪我不认得字,只看见墙上画了两只鸟,一只公的一只母的。我正在那里参观着参观着,听得一大群服务员在表扬你们呢,你一句他一句,说的说笑的笑,笑得嘿儿嘿儿的,有一个连鼻涕都笑出来了……"

"表扬我们什么了?"红裙子兴奋而又警惕地问,心里可能在想这个狡猾的老汉,休要用这种司空见惯的办法动摇他们的决心,无论怎么表扬也改变不了他们此次的行动。

"他们说本来么,给你们安排了两间最高级的屋,一人一间,可你们倒好,那大的领导,还考虑着为他们节省成本,半夜三更里让一间出来,两人睡到一间屋里去了……"

祠堂里雅静了一刻,对面的迷彩服一不小心笑出声来,蓝制服用手去捂嘴的时候,右胳膊肘碰着了白风衣的左肩膀。

"胡说!"白风衣喊道,迅速地看了一眼红裙子。

"咦,咋是胡说?当领导也莫太谦虚了嘛!人家亲眼看见的,第二天一清早人家来喊你们吃早饭,敲这间屋没人应,敲那间屋也没人应,以为你们熬夜搞工作搞得太久了,上床一觉睡过了头,就没敢再打搅你们,哪晓得过一阵子,从屋里出来一个,又过一阵子,从屋里又出来一个……"

迷彩服又想笑,不过这次学蓝制服忍住了,鼓着个嘴,像三天前瞎搞大爷从坟上拣来的包子。

"他们这是造谣！你也是！"红裙子气急败坏，脸跟裙子是一个颜色。

"啥叫造窑？烧砖瓦的窑么？烧石灰的窑么？我们这里把婊子院也叫窑，婊子叫窑子，只要沾窑的都不是好话……"

蓝制服的喉咙里吭吭地响着，是使劲儿把笑挤成的那种很不好听的声音，让人想到气候干燥的冬天老年人在艰苦地解着大便。

"我们今天是来说拆祠堂的事，谁让你说窑了？说祠堂，说金公祠！"

"好，说祠堂，说金公祠。金公祠过去惩治过一个婊子，一个嫖客，该惩治么？该惩治，不过惩治得重了点儿，把婊子装在铁笼子里拴上石头沉塘，把嫖客那个惹事的祸根割了喂狗子吃……"

"馆长你跟这个老家伙谈吧，这个老家伙简直就是一个老流氓，我实在是听不下去了！"红裙子愤然起身，踏着很响的步伐走了出去。

花狗冲着她的后背"汪"叫一声，像替主人送行，这让她的一条腿子打个颤悠，全部身子向那边倾斜了一下。

不过她没回头，她害怕见到脊背后面的人看她的眼光，在这个老流氓生动的讲述之中，有人已经先后几次发出笑声。

6

现在,对方只剩下了一个最高代表,一个担任保卫的蓝制服,一个担任武装保卫的迷彩服了。瞎搞大爷把搭在上面的那条腿放下来,把压在下面的这条腿翘上去,让它们公平合理,交换位置,彼此都能体会到压迫和被压迫的滋味,自己因此也感觉舒服一些。他身边的花狗见他这样,也调整了一下自己的坐姿,但是仍然密切注视着对面的人。

"接着谈吧,只说拆卸祠堂的事,把一个小镇上的祠堂拆了,重新建到省城里去,这个事本来是好事,又不是坏事,怎么就得不到你们的拥护呢?"白风衣尽可能地以理服人,本来应该是先礼后兵,被他弄成先兵后礼了。

"不拥护?咋不拥护?我说不拥护了么?我们金家人恨不得全世界人民都来看我们的祠堂,除了我们黄种人,还有白种人,黑种人,红种人,还有那些杂种人……"

"不能说杂种人,应该说混血儿。"白风衣第二次纠正他道。

两个保卫人员哈哈大笑,不仅毫无顾忌,而且还故意拖长笑的时间,加大笑的力度。

"我说的是有些坏杂种,不光混靴混鞋,他啥都混,还趁浑水摸鱼……"

笑声立刻没有了，刀砍斧切一般。

"刚才我们说到哪里了？"白风衣问。

"你说对你们不拥护，我说拥护，我们都拥护，首先我举双手拥护！"他把两只手都举了起来，手上的十个指头大大地叉开着，这次不像鸡爪子，却像两根枯叶落尽的干树枝。

"那好哇，欢迎！"白风衣鼓掌说。接着也把双掌举到空中，一左一右地转动着颈子，让他身边的人能够领会到他的精神。

"欢迎！欢迎！"两个保卫人员一齐鼓掌，迷彩服抓紧时间鼓了两下，又及时把手握在冲锋枪上。

"不过的话呢，金家人拥护的是你们都到这里来视察，你刚才说老百姓看不能叫视察，要叫参观对不？那就叫参观吧，反正都是看的意思，我们还情愿老百姓参观，当官儿的视不视察不察倒无所谓。你们真要是这么想的，又何必把它拆走呢？请上面拨点票子下来，要么修一条火车道，要么修一个飞机场，实在办不到修一个高速公路也没啥为难的，不都是民脂民膏，羊毛出在羊身上么？这样一来是为了你们方便，二来我们也顺便沾个便宜。往后凡是想看我们祠堂的人，啥时都能来看我们祠堂，想看梁柱就看梁柱，想看门窗就看门窗，想看牌匾就看牌匾，本人看了不算再拿机子照下来带回去给别人看，我还是首先举双手拥护。可有人想要把它拆走，我们就不拥护了啦，刚才的情况你都视察到了，你不是老百姓，你是省里下来的领导，你该有资格说视察吧，刚才你不是亲眼视察着我们打翻了两个人么？再那么往里冲还得打翻！"

"再那样我们就开枪了。"白风衣看了看自己的左右。

"不敢开，不敢开的，我老汉又不是三岁的小娃子，人民的子弟兵么，哪有儿子打死老子的事，实在要开也是朝天上开。"他有百分之百把握地笑着说。

"你是不是这场暴力对抗的幕后总司令？"

"嚆，多谢你真是瞧得起我，这辈子我连兵都没当过还能当那大的官儿么？暴力对抗又是个啥玩意儿呀？"

"一方执行公务一方阻挡，最后导致双方动武。"

"我晓得了，只许你们暴力，不许我们抵抗，要我们眼睁睁地看着你们拆我们祖宗留下的房子？"

"……你说，你们究竟打算怎么对付我们吧？"白风衣终于沉不住气了。

"不说是对抗么？咋又变成对付了？你是真想听我说还是假想听我说？要是真想听我说的话呢那就请你坐过来，坐到我这边来，这边。"他用手拍打着身边的椅子，还弯下腰去吹了一口落在上面的灰，脸上现出那种古里怪气的笑容，那种笑一旦出来后面要么就有好听的话，要么就有好玩儿的事了。

白风衣大局为重，为了解决问题真的离开两个保卫人员，起身坐到刚才他用手拍过又用嘴吹过的椅子上了，长长的风衣下摆覆盖着双腿。现在他的一边是狗，一边是白风衣，三位坐在了一条线上。

"首先我有一个条件，你是省里下来的领导同志，又不是医生，金公祠也不是医院，你穿个白大褂做啥呢？我一见人穿白大褂心里就发毛，你不能把它脱了么，这开了春的天气又不冷了！"

白风衣觉得这件事易如反掌，简直不能算是一个条件，刚坐下又笑呵呵地站起来，把外面的白风衣脱了，顺手搭在椅子背上。然后正要重新坐下，发现他的一只瘦手猛地伸向自己两腿之间，紧接着他又开五指，像抓把柄一样抓住了裤子里面藏着的物件。

"你，你这是干什么？"白风衣急了眼说，试着想挣开身子，只一下就龇牙咧嘴的不敢动了。

"坐下，莫声张，往过坐一点儿，我们两个好说几句悄悄话么。"

两个保卫人员以为他们在开玩笑，不过这个很久以前流行于小镇的低级玩笑似乎不太适应省里下来的领导，那张原本很白的脸红了一阵现在又变白了。但不是先前那种亮光光的白，有点儿像石灰窑里出来的货色，上面还洒着几点冷汗。

"想说就快说，这个样子太不像话了！"白风衣低声喝道，看了一眼对面的两人。

"不像话是么，我也觉得不像话，可有啥法子呢，是你们做得太不像话了，你们做了不像话的事反倒过来说我不像话，我不这样做行么？"他把坐着的椅子往过挪了挪，这样挪的好处有二，一个是缩短两人的距离显得彼此更加亲近，一个是他的手不必再伸得那么长，双方都会轻松而且体面一些。因为白风衣试图用手护着那里，从远处看去两人像是手握着手，是一对亲密无间的朋友，忘年之交。

这时候坐在对面的人好像发现了问题，他们的脑子里出现了胁迫，甚至绑架一类的词，于是蓝制服率先站起，朝着他们这边快速走来，同时回头看了一眼。迷彩服也随即起身，双手端着胸前的武器。瞎搞大爷身边的花狗立刻竖起身子，不过暂时它还按兵不动，等待着对方谁先走到它家主人的面前。

他的脸上泰然自若，只有很瘦的腮帮那里动了一动，像在咬着板牙。白风衣的嘴又张开了，下面的两条腿使劲绞拢，恨不得合并成为一条，上面还腾出一只手来慌忙地摆动着。

"我想问领导同志个话，你老婆给你生了儿子没？"

"你问这话什么意思？"

"我是好心怕给你捏坏了，你这辈子就再也没有后啦。"

"少跟我来这一套，你休想采取威胁的手段！"

对面的两人误解了领导的手势，几步跨到他们面前，他的腮帮那里就又动了一动，白风衣张开的嘴里到底叫出声来，手摆得比刚才更快。两人就在原地站住，接着又退回到刚才的座位上。

"别这样了，快说！"

"你叫他们都回去，死了这条心，今生今世莫再打金公祠的主意！"

"松松手，你不松手我怎么喊……"

他的手随着腮帮上的皮肉松了一松，但仍然紧握那里不放。白风衣整个身体缓解多了，力争体面地把身子坐直，至少要比得上那条端庄而又凛然的狗，用一只手护着被他握住的地方，其实这样子也只能起到遮挡的作用，对解开那只可恶的鸡爪子于事无补，这就只好用另一只手向对面的两人做了一个无可奈何的手势。

"什么了不得的玩意儿，这破祠堂！不就几块破木板，几根破木头，几个破牌子上写的破字么，其实都是一般化的东西，非常一般化！拆了，还得运走，千把多里路，豆腐盘成肉价，有这工夫还不如来它个仿古造！而且再说，这高的房梁屋架，要是从上面吧唧掉下个农民工，人命关天的事，谁能负这个责？"

"领导的意思是……"两个保卫人员惶惑地问。

"回去！"

"那，好交代么……"

"谁要你们交代了？回去！回去！"

两人脸上露出如释重负的表情，把身子闪在两边，等着他们的领导依照惯例走在前面。但是他们的领导目前还掌握在这个老汉的手中，刚要起身，咧一下嘴又坐下了。

"叫他们先回去，你们两个跟领导一起走，听过古书没有？两国交兵不斩来使，一方放人，一方要先退出一箭之地。放一百二十四个心，你们在这里饭有吃的，酒有喝的，觉有睡的，这大一个金公祠，里面不是宽展得很么？"他用一只闲着的手做了一个宽展的动作。

"不，我不能在这里过夜，晚上还要向上面汇报。"

"那你就叫他们快走！快走！"

端茶的小姑娘又拎着水壶过来，在每人的茶杯里都添了水，然后望着他说："不说是请上面来的领导同志在这里吃酒席么，还吃不吃了？"

"放心就吃，不放心就不吃，勉强的瓜儿不甜。"他家的邻居女人不知何时从外面进来，顺便正式和我打了一个招呼。

"把野先生也留下来，陪领导喝一盅么，在祠堂里喝酒是避邪的。"瞎搞大爷授权给她，一脸的以功自居，俨然能当整个金家一族的家了。他好像是真的希望我留下来，抓着白风衣的那只手没动，却用另一只手来拉我，被我闪了开去。

"咋？怕我又把你捏疼了？"

"我不是怕疼，是怕脏，嫌你手不卫生，刚才我看你捏人家来着……"

"隔一层布，领导穿的都是好布料，挨得着么？再说又不是鸡蛋一捏就捏破了？"

他的脸上古里怪气地笑着，充满胜利的笑。

"怪不得人家骂你是老流氓！"邻居女人亲切地骂他说。

7

我并没有留下喝酒，我以明天就要回京的理由谢辞了他们，领导和保卫人员也走了，前来执行公务的车队撤走一个小时之后他们方才安全离开这里。当天晚上我就听说，金公祠里的这一顿酒把瞎搞大爷喝了个酩酊大醉，保卫祠堂的每一个人都要敬他一杯，他平生又最喜欢这个东西，还没散席就像泥巴一样瘫倒在了地上。倒在地上他还念念不忘地要求给他雕一个像，摆在供奉九人的那个位置，正好凑够十个人，一边五个，两条裤腿也就一般长了。大家趁着酒后齐声回答，说没问题，征求他的意见是用紫檀木还是用黄花梨，他说不要那么名贵的，老榆木就行了，老家把顽固不化的人比作榆木疙瘩，他只配用老榆木。

回到北京，我把和他的合影从网上发给美国的派克先生，证明这是一个真实而且活着的人物。把他如何保卫金公祠的故事讲给派克先生听了，我说我有可能把它写成一篇新的小说，发表后欢迎他再次给我翻译成英文。

夏天到来的时候，我突然听到一个从小镇传来的消息，八十多岁的瞎搞大爷被公安局依法逮捕，一举刷新本地犯罪年龄的最高纪录，此前这里只发生过一起七十五岁老汉的强奸案。这不禁令我大吃一惊，追问消息的来源，得知并不是马路上的。继续追问下去，又得知被捕的具体事实，原来他要花一万块钱把一个五岁的幼女买去，自称给他的重孙儿做童养媳。人贩子冒着风险把幼女送到他家，他反而向人贩子要一万块钱，说双方不是讲好了这个数么，一个女孩从五岁长到十八岁出嫁，连吃饭带穿衣裳，十个一万也打不住，买方其实吃大亏了。人贩子据理力争，哪里争得过他，便由动口发展到动手，坚持要把幼女带走，他就将鸡爪子一样的瘦手一挥，花狗纵身上前一口咬断了那人的脚颈子。

他以买卖人口罪、敲诈勒索罪、故意伤害罪这三个连环的罪名被镇上干部举报，公安上的人到家抓捕他时，他正在那张炸了两道缝的三条腿供桌上吃饭，怀里抱着幼女，腿边蹲着狗。他吃一口喂幼女一口，嚼不动的东西往地上一扔，那狗就发出一片吧唧之声。公安上的人进门大喊一声"金德华"，幼女和狗齐吃一惊，他却慢条斯理地扭过头去，一会儿偏左一会儿偏右，看出其中有一个好像是去年在祠堂见过的蓝制服，就腔调怪异地打了个招呼说："嘀唷，来了？"

"说明你还认得我哇？"蓝制服说。

"咋不认得？这回是来领这个小家伙么？拜托！拜托！"

"我们不领小家伙，我们要领你这个老家伙！"

"那就更多谢了！麻烦你们打个领条。"

"不麻烦，我们一点儿也不麻烦，领条都打好了，只是麻烦你出来看看。"

蓝制服笑了一下，拿出两张很长很大的纸条，上面写了黑字还盖了红章，让他出来以后就交叉贴在那两扇新旧不一的木门上。

小镇上的人说他对那里面的生活比较满意，因为既不做饭，也不洗碗，跟从前饭来张口衣来伸手的大地主差不多。稍有不满的只有一条，他请求把他的那条狗也关进去，是它咬断了人贩子的脚颈子，属于同案犯和直接的凶手。对方却称全世界的法律都没有这项规定，驳回了他的这条请求。

那条狗从此成了野狗，每天在小镇上孑然游行，自谋生路。由于小镇以至县城里都没有收养所，那个五岁的幼女就被托付给他的邻居女人，镇上每天付给她十块钱，作为幼女的生活开支。

我对这三重罪的真伪表示怀疑，第二年的清明节我又回家，就再次去了镇子东头他住的青石台上，心想他若是被释放出来，他会亲口对我细说端详，若是还被关在里面，我就采访邻居女人。暗中我分析的却是他早已经放出来了，买卖幼女，充其量他只是个买方，拐卖的人并不是他；敲诈勒索，他也无非是想赖人贩子的账，反守为攻，索要的钱又不可能到手；故意伤害，唯有这条罪名有点沾边儿，但他也没有放狗把人咬死，只不过咬成了残疾，拐卖幼女的人贩子因为残疾而造成犯罪中止，这不反而是一件好事么？至多赔偿一笔医药费，把他家除了破房之外的唯一资产，那张炸了两道缝的三条腿供桌拍卖了付给医院，对他的全部惩罚也只能是这样，还能像对待土改时的地主一样扫地出门不成？

同样是清明节刚过，我想十有五六，他又戴着那顶狗毛掉得更多的帽子，用邻居女人的话说，到坟地里的贵人那里吃酒席去了。吃饱喝足之后，再把他的帽子反过来装满丰硕的果实，抱回家里喂他的狗，以及留给自己的下一顿。

这一次我轻车熟路，直奔他家，和我一路的想象大不一样，老远我就发现，插满清明吊子和摆着各种祭品的坟地里没有一个人影，他家那两扇新旧不一的木门上封条犹在，黑的是字，红的是印，只是那印色已成了粉红。卧在门口晒太阳的花狗的确没有了，也可能是偶尔回来一次，不见主人转身又走。邻居女人家的门大开着，她坐在门外正和一个年轻的男人说话，那人把双手固定在两腿之间，一派感激和恭敬的样子，她说一句，他点一下头。

我的到来打断了他们的交谈，她认出是我，丢开那个男人起身和我打着招呼，问我是啥时间回来的，晓不晓得瞎搞大爷的事。我说早知道了，不过只知道他进去，不知道他还没出来，邻居女人高声叫道："本来么，花点儿钱就放出来了，也就是万把块钱的事，别人都是这样做的，那里也是这样想的，这些年都成惯例了，说叫潜规则么。可他偏说在里面吃现成的，喝现成的，死了还能睡现成的……"

"估计问题还在于没有钱交，嘴上这么说，心里谁不希望自由？"

"那是。"

"尤其是他这样滑稽了一生的人。"

"那是。"

"他不是有两儿两女么？"

"是有四个，可人家通知他们拿钱赎人谁都不去，四个里有八个说是双方的合同上没写这一条。"

"怎么有八个呢？"

"两个女婿和两个媳妇不算？八个还不算他的孙子和外孙！"

"他要是个煤老板，合同上没写这一条也有人去。"

"那是。"

"请问这位……"我指了一下两腿间夹着双手的年轻男人。

"哦,这就是他从人贩子手里骗来的那个女娃的爹,还不晓得他为女娃坐牢了,专门拿了东西来谢他的,说再过几个月女娃就上学了,他是女娃的救命恩人,要不是他女娃肯定卖到河南去了,这辈子找死都找不着了!"

她把一篮子礼物提给我看,篮子里有酒,有水果和糕点,基本上是他从坟地里吃足了又捡回来的那类东西。

"我想去看他一眼,趴在地上给他磕个头,要是有人引我去就好了!"女娃爹说。

"不是亲属去了也看不到,家有家规,国有国法。"邻居女人说。

"有么?真有这个就好了。"我的心里早已有了自己的看法。

"倒也是的,镇上人都晓得他到底为啥,根子还在去年祠堂的事上……"

她听懂了我的意思,于是说到祠堂。原来镇上人都知道,这就和我英雄所见略同了。

我不必在这失去主人的门前久留,告别他的邻居,转身沿着他曾走过的路线,从镇子的东头步行到镇子的西头。在我的潜意识里似乎是为了一次运动的纪念,是想再度踏上那条去年

223

此时来过一支车队的土路,前往去年此时有过一场战斗的祠堂。

金公祠里重现了和平,一些人在为自己的祖宗烧香,另一些人在旁边看着,神情和动作都不是很严肃的。男人平均一支点燃或没点燃的烟,有的拿在手中,有的叼在嘴里,有的夹在耳朵根上,女人则不停地用手往两排牙齿之间填着瓜子,瓜子壳一批一批地吐向青砖扣成的地,一旦沾着老汉吐的浓痰和小孩流的鼻涕,就被他们来来回回的脚板带到那两排供奉着的雕像前面。

他们的长相都差不多,我认不出去年此时我见过没有。我数了数那里的雕像,还是一边五个,一边四个,像两条一长一短的裤腿。

"不是说要用老榆木给他也雕一个,总共凑十个么?"我问其中的一个男人。

"给哪个雕一个?"那人反问我说。

"金德华。"

"金——德——华?金德华是哪个?"

"你们的瞎搞大爷你不知道?"

"还是瞎搞!你刚才说啥?给瞎搞也雕一个像?供在这里?"

"去年的这个时候他不许人家拆你们的祠堂,你们不是亲口答应……"

"哈哈哈哈,那是喝了酒说的话,可能么?认出来了,你是那个写过他文章的人,那回在里面陪他的有你,还有他的狗……"

我一个字也不打算再说,慢慢转身走出祠堂,想着那个差点儿被拐卖的女孩的爹,当时怎么找到了他那两间破屋。

2014 年 11 月 19 日写于竹影居

野莽主要著作目录

长篇小说：

荒诞斯人. 哈尔滨：黑龙江人民出版社, 1994.

王先生. 北京：中国戏剧出版社, 1997.

陈谷新香. 北京：中国文学出版社, 1999.

禁宫画像. 北京：中国文学出版社, 2000.

纸厦. 武汉：长江文艺出版社, 2002.

行色仓皇. 北京：新世界出版社, 2003.

云飞雨散. 石家庄：花山文艺出版社, 2004.

阿羊的别墅. 北京：中国工人出版社, 2010.

寻找汪革命. 北京：新华出版社, 2012.

迷失. 北京：中国工人出版社, 2012.

黑鸟. 北京：中国工人出版社, 2016.

长篇传记：

刘道玉传（上、下）．北京：华文出版社，2013．

长篇方志小说：

庸国·伐纣．北京：中国工人出版社，2009．

庸国·叛魏．北京：中国工人出版社，2009．

庸国·攻城．北京：中国工人出版社，2009．

庸国·破寨．北京：中国工人出版社，2009．

庸国·越狱．北京：中国工人出版社，2009．

中短篇小说集：

野人国．北京：中国文联出版公司，1989．

乌山故事．桂林：漓江出版社，1993．

乌山人物．桂林：漓江出版社，1993．

乌山景色．桂林：漓江出版社，1993．

世上只有我背时．北京：中国文学出版社，1993．

黑梦．北京：中国文联出版社，1994．

京都人兽．北京：中国文学出版社，1994．

窥视．武汉：长江文艺出版社，2001．

死去活来．北京：蓝天出版社，2003．

独乳．北京：群众出版社，2004．

不能没有你．昆明：云南人民出版社，2005．

人活一世．北京：中国工人出版社，2005．

黑夜里的老拳击手．郑州：河南文艺出版社，2006．

流泪的百合花．北京：光明日报出版社，2010．

散文随笔：

墨客：目睹三十年之文坛现状．北京：中国工人出版社，2008．

竹影听风．北京：地震出版社，2012．

教育诗．成都：四川文艺出版社，2012．

印在手纸上的恨．南昌：江西高校出版社，2012．

难得聪明．北京：地震出版社，2014．

此情可待．北京：地震出版社，2014．

其他：

诗经选译．北京：外文出版社，2001．

志怪选译．北京：新世界出版社，2001．

史记选译．北京：新世界出版社，2001．

评点何典．北京：盲文出版社，2002．

外文版：

开电梯的女人．巴黎：中国之蓝出版社，2001．

打你五十大板．巴黎：中国之蓝出版社，2003．

玩儿阿基米德飞盘的王永乐师傅．巴黎：中国之蓝出版社，2003．